更好的阅读

平家物语 犬王の巻

[日] 古川日出男 著
董纾含 译

犬王

台海出版社

目录

contents

序	谭之章	001

一	海之章	005
二	幻经之章	009
三	宫之章	015
四	生之章	019
五	音之章	022
六	灵之章	027
七	饿鬼之章	032
八	面之章	035
九	足之章	038
十	变乱之章	042
十一	葫芦之章	052
十二	葫芦之章	055

十三	名之章	063
十四	当道之章	068
十五	十年之章	071
十六	灵之章	074
十七	琵琶之章	083
十八	术之章	088
十九	生之章	093
二十	面之章	100
二十一	足之章	104
二十二	群灵之章	106
二十三	新作之章	112
二十四	策之章	117

二十五	平氏之章	127
二十六	美之章	136
二十七	鱼类之章	149
二十八	赏赐之章	155
二十九	陷阱之章	157
三十	名之章	164
三十一	直面之章	168
三十二	有名之章	176
三十三	将军之章	181
三十四	天女之章	188
三十五	墓之章	195
三十六	谭之章	202

* 本故事由小说家古川日出男在重新翻译经典《平家物语》时,以历史上真实存在的能乐家"犬王"为灵感衍生而作,故事背景设定在室町时代,平家灭亡后 150 年左右。"犬王"生年不详,卒于 1413 年。在当时与现今享誉盛名的能乐师世阿弥双雄鼎立,但却没有留下任何作品,个中原因成谜。

序
谭之章

就让我们从楔子开始讲起吧。

各种故事都有后续。比如续篇,又如逸闻。它们都是因何诞生的呢?一说,那是因为故事总是在口口相传中消弭,又在读过后遭遗忘。

如此一来,那故事就只是梦幻泡影了,不是吗?

所以,才会有后续。

还需要补充一点,那就是,故事一旦被耳倾听,被眼观看,就会在听者或读者心里播下种子。人呀,总爱去追问:"然后呢?后来又如何了呢?"这时,心底的种子便开始发芽,还会变得枝繁叶茂。续篇由此而生,逸闻也因此而起。

除此之外,还有一点。那就是有因未能传世,才会被一些意欲传颂者带到世人面前的、真正的逸闻。平家的故事,讲述了一族被灭门的历史。然而,这并不意味着所有和平氏一族有关联的人灭绝。这便成了逸闻,或者说是续篇的种子。看啊,又有种子种下了。

当种子萌芽时,一些前所未见的异样之人和一贯与平家物语并无缘分之人也随之登场。不过显而易见,这些人在故事的续篇中,仍是由故事本身所孕育出来的。例如,他们会被灭亡一族往昔的盛名所摆布。又或者,他们会出现在那本应灭门的一族末裔的梦中。不,应该说,是被那梦境所摆布吧。

这个故事中,就有这样一个人。

不,是两个人。这两位都是艺人。

其中一位是琵琶乐师,另一位则是猿乐(能乐)

师。前者的名字曾改过三次，分别是友鱼、友一和友有。后者则以犬王之名，为后世所知。

接下来，就让我们进入正题吧。

一

海之章

故事就从生活在某个地方的一个孩子说起。说是孩子，其实也有十三四岁了，是个男孩。他本是潜海的能手，是他族人之中——自然，他们举族上下皆是"海人"[1]——最年轻的一员。这孩子被一群自都城而来的家伙找上门，他们给了孩子一张地图，并请求他道："我们有个秘密要告诉你，但需要你潜下海一趟。"于是这个男孩就和他的父亲一起潜入了海中。

---

1 海人：潜海者。以潜海捞取贝类、海藻等为职业。

这片海域因能够捕捞到平家蟹而为世人所知。平家蟹的背壳上有个人脸，怒发冲冠、怨愤至极。那是怨灵的面孔附身到了螃蟹身上。不过，生活在陆地上的人们大概并不知道，平家蟹在水中时，几乎不会让任何人看到自己那张怨愤的面孔。它们会用自己小小的四足抓住一片扇贝，将其扛在背壳上。就是说，它们会把一枚扇贝拆开，然后像戴面具一般，用其中的一片盖住自己的身体。

所以，潜于海中的平家蟹，对造访水底的人们其实毫无怨恨之情。

既无怨愤，也不会诅咒。

这些行为，都是它们露出水面以后才会做的。

再说回孩子。那帮来自都城的家伙给了他和他父亲一张地图。随后，父子二人便从水底捞出了某样遗物。他们很清楚，这是一百五六十年前那场大战的遗留品。其实呢，他们捡拾过各种各样的遗留品，比如带着装饰的头盔以及铠甲，等等。海面上的小舟中，从都城而来的家伙们蠢蠢欲动，迫不及待。

父子二人捞上来的是一把剑。

剑长二尺五六寸。父亲取下了剑鞘。那帮家伙有意和父子二人拉开距离，远远地窥探着他们二人。其中还有人手捻佛珠，嘴里嘟嘟哝哝地念着咒。

突然，从出鞘的剑身上射出一道光。

孩子的眼前瞬间失去了光亮，陷入黑暗之中，鼻孔里喷出了大量的鲜血。父亲发出一声惨叫，他不只感到眩晕，甚至觉得整个生命都被抽空了。孩子也是一样，因为他直视了那把剑，还看到剑背上隆起的关节，凹凸不平。后来他们才知道，这是一把凡人绝不能直视的宝剑，毕竟，它的存在与保全皇位息息相关。那些从都城来的家伙异口同声地嚷起来："啊！神器草薙剑！"

宝剑则从船上飞腾起来，回到了海中。孩子的父亲猝然死去，孩子眼前仍是一片黑暗，仍旧汩汩流着鼻血，甚至全身的血液都在体内沸腾不已。他惨叫着：

"啊啊!我的眼睛!眼睛!"数日后,这孩子就彻底失明了,再也看不到一丝光亮。而发生这件奇事的那片海,名曰坛之浦。

二

幻经之章

　　那片海名曰坛之浦，那孩子所在之族名曰イオ族，孩子当时名为友鱼。"イオ"二字写成汉字为"五百"，但它本来的意思是"鱼"，五百族可以说与鱼类一样。不过，"五百"并非蔑称，反倒是一种褒扬，是对这一族人无与伦比的潜水能力之赞誉。

　　话说，这五百族又是如何被一群都城来的家伙盯上的呢？

　　当时，都城那些位高权重的阶层中最隐秘的一群人，早就知道坛之浦生活着出类拔萃的海人。五百族自元历[1]年间起的约一百年，也就是自源平合战起的这百年间，一直活跃在坛之浦周边的海底，打捞合战的遗留物，上贡给当时的权贵，譬如将军、执权[2]、天子。在这些贡品中，尤以平家一门的遗留物最为珍贵，是至高无上的贡品。话虽如此，这类宝藏也不是取之不尽用之不竭的，无宝可献的时期总归会来。但这五六十年间，五百族仍会从海中捕捞到一些残缺受损的甲胄，经分拣处理好，上贡权贵。不过，大部分时间里他们只能做普通渔夫，以此糊口。

就连五百族都没能翻找出来的宝剑——而且这宝剑还沉在海中——那群都城来的家伙又怎会手握提示它埋藏位置的地图呢？

这是因为他们能从平家谷那里得到一些消息。平家谷——顾名思义，就是败者的居住地，是平家

---

[1] 元历：后鸟羽天皇时代的年号（1184~1185年）。

[2] 执权：镰仓幕府的政所长官，辅佐将军、统辖政务的最高官职。源实朝时北条时政首任此职，此后一直为北条家族世袭。

的战败武士们偷偷隐居的地方。平家谷散布在全国各个穷乡僻壤。而这些战败流亡的武士之中，有一些人曾是身居高位的贵族（也就是公卿、殿上人[1]，以及诸大夫中的一部分），据说他们代代承继着一部传说中的经典，名曰《龙畜经》，又一说《龙轴经》。它之所以被誉为传说中的经典，是因为自从镰仓被定为武家政权的根据地以来，这部经典就已失传。五畿七道[2]中任何一处名刹之中都未收藏，甚至有人认为，因为《龙畜经》是平家一门的秘经，所以这部经典已经从《大藏经》的目录中被删掉了。不论怎样，这部《龙畜经》(《龙轴经》)仅在几处平家谷中才有所藏。

---

[1] 殿上人：被准许上清凉殿内殿的人。四位、五位中的特许人员及六位中的藏人。

[2] 五畿七道：律令制下的地方行政区划。五畿指：山城、大和、摄津、河内、和泉。七道指：东海道、东山道、北陆道、山阴道、山阳道、南海道、西海道。同时，该词也形容日本全国。

不过，平清盛[1]的妻子，二位尼[2]曾诵念过此经。

建礼门院[3]也曾诵念过此经。

后来，诵念这部传奇经典的平家战败者们的后代之中，有好几人做了同样的梦。在梦中，他们见到海底有一处奉纳宝物的地方，并被告知那把草薙剑就藏于此处。他们知道这海底正位于坛之浦，随后便按照梦中指引画出了藏宝图。

那张藏宝图画出了历经一百五六十年的岁月后，丢失的神器究竟遗落在何处。

不过，要让谁潜水去取呢？

说到这个灵梦，倘若单是某一处平家谷之中的数

---

[1] 平清盛（1118–1181 年）：平安末期的武将。他利用保元、平治之乱扫除对立势力，成为太政大臣。又把女儿平德子嫁给高仓天皇，从而独揽大权，建立平氏政权。因地方武士叛离，源赖朝等反平氏势力举兵而迁都福原，后患热病而死。

[2] 二位尼（平时子）（1126~1185 年）：宗盛、知盛、重衡、德子的生母。在坛之浦合战时怀抱安德天皇投水自杀。

[3] 建礼门院（平德子）（1155~1214 年）：平清盛与平时子之女。高仓天皇的中宫，安德天皇的生母。于坛之浦与安德天皇一起投水自杀，后获救。

人所做,那恐怕也不见得有多可信。但是,在两三处战败流亡地竟都有此梦境显灵。而来自各处平家谷外部,怀揣着隐秘的意图造访这里的那群家伙,则捕捉到了这条信息。

话又说回来,这群流亡战败者的子孙,又为何会接纳一群外人呢?

原因之一,这群流亡者是被镰仓幕府追赶至此的,但是眼下镰仓的势力已经灭亡了。原因之二,这群访客人数很少,还带了盲人,因此流亡者的后代们才放松了警惕。那几位盲人是弹琵琶的艺人,被来客背在身上,或乘坐轿子。所以平家谷的流亡者们连连道:"啊呀,啊呀,稀客稀客呀。"愉快地迎接了来客们。

这些艺人是行遍全国的琵琶法师[1]。

---

1 琵琶法师:以弹唱琵琶为职业的僧人打扮的盲人音乐家。中世以后,分为表演诵读经文的盲僧与专门演奏平曲(在琵琶伴奏下按曲调吟唱《平家物语》的曲艺)的两大派。现主要指后者。

跟随着他们的，大多是山伏[1]。

不过，这些人可不单单是一群修行者。他们是受雇于将军的，也就是镰仓政权倒塌后，执掌大权的足利将军。

---

[1] 山伏：山中的修行僧。

三

宫之章

说到这故事所发生的时代，当时的朝廷是一分为二的。也就是说，有两座皇居。既然皇居有两座，那天皇也就有两位了。这种情况究竟因何而起？首先，是镰仓幕府的灭亡。随后，足利尊氏[1]举兵压制都城。这位武将拥立的是光明天皇[2]。再后来，光明天皇赐其

---

1 足利尊氏(1305~1358年)：室町幕府第一代将军(1338年~1358年在位)，背叛后醍醐天皇，于1336年拥立光明天皇，开创室町幕府，对抗南朝。
2 光明天皇(1321~1380年)：北朝第二代天皇(1336年~1348年在位)，后伏见天皇皇子。受足利尊氏拥戴，继光严天皇之后即位，后让位于崇光天皇，实行院政。

名号——征夷大将军，再兴幕府。不过，幕府并非在镰仓，而是在京都再兴。这一武家政权，便是后世所谓的"室町幕府"。

说起来，这位光明天皇，又因何继承了帝位呢？

因为后醍醐天皇将象征皇位的三大神器让给了他。

让出三大神器的后醍醐天皇从都城逃向大和国[1]的吉野。出逃后，他又宣称"让给光明天皇的神器乃伪造品"。言外之意，就是说"光明天皇绝非正统，正牌天皇是我"，并于吉野自立江山。

总而言之，朝廷有两个，天皇有两位。真正的三大神器，只在其中一方手里。那么毋庸置疑，身处都城的朝廷一定迫切地渴望得到这三大神器："要是拥有三大神器该多好，多好啊！"可是三大神器中的一个，乃被称作天丛云剑的草薙剑，它应该已经沉入坛

---
[1] 大和国：旧国名之一，位置相当于今天的奈良县全域。

之浦的水中了。那把剑现今状况如何呢……

剩下的两个神器,神玺与神镜倒是没有什么大碍。但那宝剑,至今也未知其下落……

在朝廷一分为二之前,是如何处理草薙剑缺席的尴尬局面的呢?据说,一开始是用供奉在宫内天皇日间所居之处的宝剑来代替的。距离平家灭亡不到二十年时,又从伊势神宫的神库中挑选出一把新的草薙剑,如此一来,"三大神器就算集齐了"。人们认为,如此便好了。

当时,人们是这样认为的。

但,这仅限于朝廷还只有一个的时候。

然而当朝廷变成两个时,情况就出现变化了。"哎呀,哪怕能拥有一个真正的神器,而不是什么仿造品,那该多好,多好啊!"如此希冀的势力开始抬头的时代来临了。

话说回来,宝剑自身,也有它自己的意愿。那把旧的草薙剑是否希望重现于世,也是由它自己定夺的。

而这人世间的纷扰于它而言，从一开始就只是耳旁风罢了。

四

生之章

人，人，人。

那么我们就再换个话题，继续讲。

某地，有个小孩。这孩子刚刚降临人世不久，只有一岁。他是个男孩，但在确认性别前，接生婆就发出了惨叫声。他的母亲也发出惨叫声。根本没人来得及去看他双腿之间，辨别男女。因为他过于丑陋，大家只觉得从母体中拖出的是具残破的身子。不过，被毁的四肢与躯干竟然——不知是如何做到的——是连在一起被拖到人世的。当然，他是长着脸的，也长有手足，也有脚掌。可他从头到脚，都是一副受了诅咒的模样。其实，他母亲早有预感，明白自己会生下一个受诅咒的孩子。毕竟那诅咒者就是她的丈夫，也就是这孩子的父亲，所以她是有一定的心理准备的。可是，她没想到情况竟如此惨烈，她真的做梦也没想到。

因此，她无法直视这个孩子。

所以一时半会儿，没去确认他是否长有阴茎。

总算到了多多少少能正视孩子的时候，这小孩已经成长起来了。母亲百般不情愿地观察着他，畏畏缩缩地用双眼去了解、描摹这孩子的模样。比如，在不该长有毛发的地方，覆盖着毛发；本来应该左右对称的一对器官，虽是长了一对，但并不匀称，而是错位的、畸形的；在本该长着指甲的地方，却长了像牙齿一样的白色块状物，母亲既惊惧又怅然。但这么一个孩子还是有了个名字，不过那只能算是个乳名。早晚有一天，他长大成人，要换个名字。不，那孩子主动报上了自己的名字——犬王。

于是，时至今日，这孩子的名字，仍是犬王。

犬王的家系本在近江国[1]。但他诞生于京都。

---

1 近江国：日本的旧国名之一，相当于今天的滋贺县。

五
音之章

坛之浦的那个孩子后来怎样了？五百族的友鱼卧病在床。这孩子——友鱼，知道自己失去了两件重要的东西。第一件自然是他的父亲。父亲在外横死，再未能回家。这一点，他从在自己病床边号啕不休的母亲那里已经得到了明确答案。还有一件，就是光明。在他卧床次日，双眼虽蒙眬，却能感知到光明。于是友鱼便满心期待——我这不是恢复了吗？我的视力又回来了啊！他的母亲也是一样。不如说，他的母亲更倚赖着这一丝希望，她对儿子说："你的眼睛现在只是有点模糊,对吧?视野很快就能清晰起来的。"可是,友鱼眼中的世界并未清晰。又过去了几天,他便明白,自己彻底失去了光明。

他嗫嚅着:"这里没有光。"

啊啊!这里没有光啊!

他又听到了母亲的声音,母亲仍旧哭泣着,她的丈夫突然亡故,儿子突然成了盲人,哭泣是自然的。母亲一遍遍地追问儿子:"那些从都城来的家伙称那把剑是'神器',对吧?是这么说的吧?然后,你就摸到了那把剑,也看到了那把剑,对吧?不,不,拔出剑鞘这件事只有你爸爸做了。不,不,命令你们'要看到,摸到,带回来'的,是那帮雇用你们的都城来的家伙吧。不论是你父亲还是你,肯定不知道那把剑竟然是草薙剑啊!你们两人根本就没有过错啊!啊啊,为何会如此,为何会如此啊!"

母亲的哀叹声震耳欲聋。

当友鱼的双目失去光芒后,双耳却变得灵敏,而且是越来越灵敏。

"妈妈,"友鱼哀求,"妈妈,别哭得那么大声,妈妈!我的耳朵、耳朵好痛!"

很快友鱼便明白,他的耳朵并非疼痛,而是在变化。他从病榻上起身,体力早已恢复。虽然能走,却没法循着某个目标向前迈步,毕竟他已经失明了。不过,循声觅音并为己所用,这门技术很快就被他学到了手。他能用耳朵感知哪里有人。鸟儿鸣叫,虫群骚动,草木簌簌。人发出的声音尤其响亮,冲进他的耳膜之中,久久不绝于耳。

母亲又说:

"为什么我们家要被那么久以前的平家一战捉弄到这步田地!明明都过去那么久了!那么久了!没错,我们的族人代代都从坛之浦的海底捕捞遗物。可就算报应,为什么要落到你父亲头上?为什么又要落到你头上?为什么夺走我这两个重要的家人,夺走这两件重要的东西!"

"这两件重要的东西",指的是她丈夫的性命和儿子的视力。随后她又说:

"我想知道为什么,我想知道,想知道!我要去找!"

她不断地重复,不离口地重复着。母亲的声音从前面传来,滚入耳道深处,转而又从后方传来。还从左边、右边,同时涌进他的耳朵。最终,"去找、去找、去找",这句指令扎进了他的耳膜。于是友鱼答道:"嗯。我去找。"他又请求道,"妈妈,帮我准备一支拐杖吧。要一支结实的拐杖,要能支撑着我走到都城的拐杖。"

"你,你要上京城去?"

"我会云游天下,然后上京城。"

"你若是到了京城,"母亲说,"听好了,如果遇到需要报上出身姓名的场合,你一定要堂堂正正地报上你的名字,知道吗?你不是个名叫友鱼的贱民,你是'五百友鱼'。"

"我知道了。"五百友鱼回答。他将拐杖的一端坚实地落向大地，聆听着声音。叩叩，喀喀。这里虽没有光，但这里有声音。

六

灵之章

　　声音要比以前听到的多出百倍、千倍，想到这儿，友鱼继续着旅程。从长门[1]到周防[2]，再到安芸[3]。说起来，如今自己是在严岛神社[4]吧。他竖起耳朵聆听，果不其然，人们都在谈论去神社参拜的话题。有人讲的是要去参拜该许个什么愿望，有人讲的是已经拜过

1　长门：日本旧国名之一。相当于今山口县的北部和西部地区。
2　周防：日本旧国名之一。相当于今山口县的南部与东部地区。
3　安芸：日本旧国名之一。相当于今广岛县西半部分。
4　严岛神社：位于严岛的神社，主神为市杵岛姬命。在平氏、镰仓幕府及毛利氏的崇敬庇护下繁盛。其中藏有《平家纳经》、铠甲等国宝。

后获得了怎样的好处。坐落在海中的巨大鸟居是多么不可思议！——大家侃侃而谈，友鱼却认为这一切与自己无缘。反正他也看不见。然而，那些参拜者的声音却不断地涌入他的耳朵深处。随后，又产生了两件令人难解的事。第一，他注意到自己的嗓音已与之前截然不同。因为突如其来的失明造成的冲击，以及紧随其后的听力变化，使得他并未注意到这一点，但是友鱼的确迎来了变声期。询问他人时的嗓音非常低沉，寻求他人帮助时的音色特别粗重。噢噢！友鱼惊叹：自己的声音竟然变成了这样！原来不只是聆听声音的方法产生了变化——比过去多出百倍、千倍，宛如惊涛拍岸、滚滚而来的声音也发生了变化。在这众多的声音中，从友鱼喉间发出的声音，也变了。可以说，他通过声音与世界打交道的方式发生了质变——无论是外界的声音，还是他自己的嗓音。

还有第二件难解之事。

"友鱼，友鱼。"他听到一个声音在叫喊。

那声音如此深沉，又那般熟悉。就在前不久，那声音还曾日夜陪伴着自己。

"父亲！父亲！"友鱼回应道。

"没错，我是爸爸啊！"

"父亲，您不是已经死了吗？我明明亲眼看见您死去，就在我失明之前看见的呀。"

"的确。所以我才在你面前现身了，是你祈求我现身的。虽然你看不见我。"

"因为我看不见您，所以您才现身？"

"是的。可我也不是随时都能现身的。只有当你迷了路，深陷困境时，我才会现身。就是说，你现在正在迷途之中，正将迈入绝路。严岛神社与你无缘，是吗？"

"您说什么，父亲？"

"你觉得，严岛神社与你无缘？"

"是啊，我是这么想的。"

"可是，促成严岛神社如今这般盛况的，正是平清盛呀。"

"是平家。"

"而且,严岛神社所供奉的神祇,和海中的鱼类因缘甚密哦。"

"就像我们族人,我们五百族一样呢。"

"你可是堂堂的五百友鱼呀。"

"嗯。嗯。嗯。"

"来吧,再竖起耳朵去听,你的这双耳朵一定可以听到。不是有人在讲着平家的事吗?不是有人提到了平家一门的残孽吗?"

"残孽,残孽……"友鱼呻吟道。很快,"平家谷"这个词便飘进了他的耳朵。流亡者们的藏身之处——平家谷。他听到有人说:"那门前弹琵琶的座头[1],真是不得了。他弹唱的内容从没听过!好似秘闻一般!

---

[1] 座头:中世、近世僧人打扮的盲人中,以弹琵琶、琴等,或以按摩、针灸等为职业者的总称。

他是不是偷偷潜进某一处平家谷,捞到了几出奇谈逸闻呢?哎呀呀。"

捞到了——友鱼想:这简直就像在海中捡拾宝物一样。潜入海底,去寻找平家和源氏的宝贝,寻找战争的遗物。所以,这些琵琶法师,的确与我们五百一族相似啊。

七

饿鬼之章

　　出生在京都的那个孩子后来怎样了？那个丑陋且畸形的小孩——犬王，还活在世上。即便生来就相貌异常，但他毕竟能进食，能喝水，能呼吸，排泄也通畅。他的的确确活下来了。不过，他虽能喝水，他的母亲却从未让他直接衔舐自己的乳房。她将乳汁挤出，积攒在容器里，让犬王去舔、去吸容器里的乳汁，简直和养一头牲畜幼崽一般。从一岁起，再到两岁，犬王爬着，膝行向前，去喝那容器里的乳汁。他用舌头吧唧吧唧地舔舐，吃得奶水四散飞溅，他想活下去。事实上，他也的确熬过了幼年时期。

下一个阶段，就到了他开始想要站立，想要走起来的时候了，家里人大抵已经放弃了他，就随他在屋外乱动。不过，他们还是为他做好了遮挡身体畸形的措施。他们给犬王戴了假面，还在他头上围了头巾，手上戴了手套。

就这样，他全身都被包裹、遮盖住了。

当然，其中最抢眼的便是假面了。这假面是什么模样呢？它是一张没有表情的脸。既没有笑容，也没有悲伤，不会睥睨。那张脸不是老翁，也不是老妪，当然也不是年轻的女子或男子。非鬼，亦非神，就只是一张没有表情的脸罢了。顺带一提，若是富有神采的假面，犬王家里可是不计其数的。那是从他祖先那里承继下来的，毕竟那是一个艺能世家。

附近的人们这样说：

"猿乐家的小孩，如此年幼就要戴上假面吗？是被家里逼着戴的吗？"

还有人问：

"这是猿乐家的老规矩吗？"

也有人问：

"是在练习吗？练习艺道，对吗？"

可是，在盛夏时分，时年不过两三岁的犬王仍旧不露出一块皮肤，连头发也藏得严严实实地在街上玩耍。见他这副模样，人们当然会有种说不出的悚然。如此想着同他搭话，转过头来的，也只有一副无表情的假面。

八
面之章

后世为人所知的"能"与"狂言"等艺能形式，早先被称作"猿乐"。能与狂言统称"猿乐能"，这是因为当时的猿乐中还包含了能之外的要素。比如操纵傀儡的木偶师也属于猿乐的从艺者。再追溯到猿乐更早的形态，还存在着曲艺和奇术等表演。

不过，随着时间的推移，猿乐逐渐被固化成了猿乐能。

其中的"能"，一言以蔽之，就是"剧"。

不过，也不是所有剧种都必须佩戴假面。即便在猿乐中，也不是所有出演者都要戴假面的——其实主要就只有"仕手方"，也就是主角才会戴假面——所以，假面的确是十分特别的存在。

猿乐究竟是从何时开始佩戴假面的呢？又是为何要开始佩戴假面呢？

这一历史源自神圣的"翁舞"。在翁舞中，猿乐一座[1]的长老会佩戴翁面[2]。翁舞本身还可再向上追溯。假面又是从哪儿来的呢？据说，是来自驱傩的仪式。驱傩本是除夕之夜在宫廷内举行的仪式，目的是驱鬼逐疫。所以驱傩还有一别名——"鬼遣"，后来，这一仪式逐渐从宫廷推广到寺院，再推广到整个民间，最后成为节分[3]的例行活动。

当时，驱傩还仅限于宫内举行。由方相氏扮演驱

---

1 座：接续在剧场、电影院、剧团等名后的接尾词。
2 翁面：能面的一种类型。（编者注）
3 节分：对立春前一天的称呼。人们会在这天撒炒豆驱恶疫，并举行招福等活动。

鬼（也就是"傩"）逐疫的角色，他头戴"黄金四目"的假面，并由此完成身份的转换。人们意识到，仅凭一枚（假面），就可以扮演更强力量的掌握者，进而生发出"神圣的舞蹈及戏剧都应戴着假面"的想法及演出构思。

有趣的是，随着驱傩及节分的变迁，本是头戴假面，与鬼为敌的方相氏不知何时竟反被误认成了恶鬼。

也就是说，假面具备一种力量，它既是善的力，也可以轻易转变成恶的力。善与恶之间是会反转的。

在武家政权以京都为据点的南北朝时期，猿乐能的戏剧性得到了进一步发展。它的形态更像"戏"，而为了加倍地向"戏"迈进，就需要在猿乐表演中加入台词，再加入故事情节。

将猿乐能发展壮大并流传至今的人物，叫作世阿弥。

世阿弥出生自结崎座家系，此座隶属于大和猿乐一派。

九

足之章

犬王出生自比叡座家系,隶属近江猿乐一派。他本作为一座之掌门而生,却没有被授予任何艺能,也未获任何习艺的指导。他被人胡乱扔在外面,脸上严严实实地扣着无表情的木雕假面,独自拼命活下去。

夏天对于他来说真是难熬。

梅雨季节也一样。

秋老虎来时更甚。

真想打个赤脚呀，犬王想。实在不想穿足袋[1]了，他又想。想把下半身露出来，从下半身到脚底，不，就算大腿不行，至少把膝盖以下露出来——他打心眼里期盼着。浑身被包裹得这般密不透风，实在太闷，太闷了。太难受了，难受得他忍不住发出呜咽声。

犬王有三四个兄长，其中一个将来一定会成为比叡座的大夫[2]。这几个孩子自幼就勤奋练习技艺。长男、次男已经开始在剧目中表演一些儿童角色了。在都城之中，近江猿乐与出身、传统——也就是艺风——都大不相同的大和猿乐是极为激烈的竞争关系。大和猿乐共有四座，近江猿乐则有上三座及下三座，而比叡座正是上三座的头领。

在这个时代，比叡座有着艺压众座的实力。

比叡座的中流砥柱，就是犬王的父亲。不论近江

---

1 足袋：一种日式布制袋形袜子，大脚趾与其他四个脚趾分为两部分，脚后跟的上部用搭扣固定住。
2 大夫：能乐中扮演仕手方（主角）的各流派掌门人的称号。

出身还是大和出身，一概无法望其项背。单从演出内容上讲，比叡座便可凌驾于众座之上。

毕竟它选择的题材都十分新奇。讲的虽是平家一门灭亡的故事，但其中典故及逸事一应俱全。

一心想要打赤脚的犬王，某天窥看到了练艺场，内心突然涌起一种向往之情。这个信念在年仅三四岁的犬王身上奔腾起来，几乎难以用语言表达地奔腾起来——真好，真好！就是它了。因为不被允许进入屋内，犬王便透过缝隙偷瞧。兄长们正在练习着优美的舞姿。啊啊，那一双双脚！此时的犬王还太年幼，他找不到什么合适的词汇——或者说，也没有任何词汇能够表达他此刻的情感——他只觉得一切都是那么恰到好处。在练艺场上，有笛音，有太鼓。他的兄长们合着笛和鼓的节奏踏动双足，其中一个哥哥穿着正式演出的服装，因为明天有他参演的剧目。那身无与伦比的美丽衣裳，犬王从未拥有过，甚至从未试穿过。美，可以说是与犬王相距最为遥远的存在了，或者说，犬王是被美所隔绝的、敬而远之的存在。兄长们踏足、踏足、不断地踏足。

犬王模仿着。躲在练艺场的外面，模仿着。

兄长们运足的方式受到了专业的指导，那姿势优雅极了。

然而从未接受过任何启蒙的犬王，却将这一切都偷学到了手。

脚，脚，打赤脚，他念唱着，祈祷着。

于是，某一天，犬王的双足，膝盖以下的部分发生了变化。他的两只脚，竟然变成了脱下足袋也无任何异样的寻常双足了。

十

变乱之章

友鱼花了大概两年的时间到达都城,不过也可能是更长的时间,或是反之,只用了一年时间。因为失去光明的人没有了天数的概念,友鱼只觉得"真是花了好长时间呀"。

不过,他这样想,倒也不是因为行路艰难。友鱼现在拜了一位师父。他跟着师父四处游历,要比从坛之浦出发时轻松多了。

这师父是一位琵琶法师。他乘船到了严岛,就住在港口。那港口本身也是参道[1]。

友鱼并不是立即就成了师父的弟子，其实他原本压根儿就没想要做弟子。可是，他那双失去光明的眼睛——却在黑暗之中——发现了那位琵琶法师。首先，他注意到了琵琶弹奏声，诉说着一个故事。随后，他注意到了琵琶法师在旋律伴随下的讲述声，有时是没有旋律伴随的干声，毫不掩饰地钻进友鱼的耳朵。这声音也在讲故事。乐器发出的声音和琵琶法师口中发出的声音皆是故事，这故事可是商品，是可以拿来赚钱的。

而且，它们都是关于平家的故事。

平清盛的故事，他子孙后代的故事。还有源氏的木曾义仲[2]的故事，源义经[3]的故事，等等。

---

1 参道：为参拜神社、寺院的人而修的道路。
2 木曾义仲：即源义仲（1154~1184年）。平安时代末期武将。1183年在俱利伽罗山口大破平维盛大军，迫使平氏逃离京城。后与后白河院对立，在近江粟津战败而亡。
3 源义经（1159~1189年）：平安时代末期，镰仓时代初期武将。幼名牛若丸。1180年响应其兄赖朝起兵，1184年讨伐源义仲，在一谷、屋岛、坛之浦等地大破平家一族。后与赖朝对立，在衣川馆自杀。

友鱼在那参道上听了一天又一天，实际一共听了多少天呢？他并不太清楚。除友鱼之外，别的听众是昼夜有别的，所以琵琶法师的演奏也会随机应变。原本是可以数清日期的，可友鱼太过投入地聆听，并没有计数。当听到坛之浦合战的内容，友鱼更是惊讶不已。坛之浦！他讲的是坛之浦的故事呀！友鱼惊愕地想。

再说一遍，坛之浦的故事是第几天讲的，友鱼心中已无定数。而且友鱼从其他听众的闲谈中了解到，这个琵琶法师不会按顺序将所有故事讲完。他讲的都是名场面。他会回应听众的期待，将人们爱听的段落关联到一起，好似串起一串珍珠。有时，他又会故意不去理会听众的想法，专门搬出一些让大家惊呼"哦哦！从未听过！"的新场面、罕见场面，以及平家那些不为人知的秘密传说。

这些故事的体量，究竟有多大呢？

这位琵琶法师的肚子里，究竟装着多少故事呢？

实在是难以想象。但友鱼又觉得,也不必去想象。只要一直听下去,就能找到答案。一定能的。想要寻找,必须寻找,就一定能找到。他要去找、去找、去找!

为了能一直听琵琶法师讲下去,友鱼便跟随在了他左右。

"你是谁啊?"琵琶的主人这样问他,"你跟在一个盲人身后,想干什么?"

"那个……我想听故事。"友鱼回答。

"滚开!滚开!滚开!"对方斥道。

"我也是盲人。"友鱼又说。

"滚开!"对方回答。

琵琶法师一直在驱赶友鱼,可是友鱼并不担心,他一旦身陷穷途,死去的父亲就会现身。那么既然没听到父亲的声音,就说明自己是安全的,就可以放心了,自己一定不会迷路的,事实的确如此。一次,安芸国的一位长者召这名琵琶法师来宅邸的内廷宴席上演奏,友鱼就在庭外——大门外聆听。这时,突然天降大雨。于是，琵琶法师仿佛领了逐客令般，被引去了院墙另一侧的小屋。不过那户人家为他提供了饭食，端上来的好像是鱼肉。而且又是烤鱼又是煮鱼的，称得上是一顿奢侈的餐食了，可这些菜品都没有去骨。"怎么是鱼啊？"琵琶法师抱怨道。那声音隔着雨声，钻到了友鱼的耳朵里。"剔鱼骨头这种事儿，我可干不来啊。我实在剔不干净鱼骨头。这可真是头痛。"

这时，友鱼出声了：

"师父，我会剔鱼骨头。虽然我看不见，但是骨头剔得不错。不用眼睛看我也能剔，多小的鱼刺都没问题。"

"你说什么？"

"只要是鱼骨，我一定没问题。"

"你这么说，是不是想要抢我的饭吃？你是想欺骗我这个瞎眼的人吧？"

"我和您说过很多次了，我也是盲人呀。"

"算了。反正对于我来说，去不了骨的鱼虾和被偷走了没两样。那就让你试试吧。"

"谢谢您。"

于是，友鱼出色地剔好了鱼骨。

琵琶法师钦佩不已，连呼"真美味！真美味！"他一边大快朵颐，一边问道：

"说起来，你刚才是不是喊我'师父'了？"

"啊，不是……"

友鱼本想说"叫您师父，是因为听您讲了各种各样的故事"，但是没能说出口，他不知道该如何表达。

"是吗？那就是说，哎呀，就是说你想让我收你做弟子，对吗？"

"那个……嗯，是的，没错。"

友鱼承认了。

同时被这说法惊了一跳——自己是这个意思吗？

"那你直接告诉我不就得了？直接说想做我的徒弟，不就行了。"琵琶法师说道。

就这样，友鱼被琵琶法师收为弟子，一路照料着师父。当然，一开始要先自报家门。友鱼报上了自己"五百友鱼"的名字，却被师父笑话："还有名有姓的，太夸张了吧，你是从什么高贵家族跑出来的吗？"随后，两个人便结伴踏上旅程。友鱼替师父背琵琶。师父很高兴，说着："真不错！这样我就轻松多了。"两个人拄着拐，发出叩叩叩、喀喀喀、当当当的敲击声。演奏琵琶是一门生意，所以他们走走停停，在港口逗留。总归是没有速速前往京城。在这段时间里，友鱼问了师父很多问题："师父，您是在哪儿捞到那些故事的，您还捞到过平家的故事吗？"师父回答他说："大都是学着别人讲的。不过，也有亲自捞到的故事。"友鱼又问："师父去过平家谷了吗？"师父回答："哦哦，虽说要保密，但我去过了哦。山伏还付了我钱呢。"

"平家谷，哦哦，平家谷！"师父笑道。

"您在那儿捞到过关于神器的故事吗？"

"神器，你说神器？不，没有那种神圣的故事。不过还是有些奇闻的。借你的话说，就算是'捞'到了一些故事吧。不过，潜入平家谷的琵琶法师可不止我一个。说不定其他人有捞到关于神器的故事哦。"

"那，要去哪儿才能见到那些人呢？"

"这简单，去京城就能见到。那儿有琵琶法师的座，有好几个，我也有所属的座呢。回去之后就能托关系找到人了。"

但是，回去是要花时间的。醒过神来，已过了两年——当然也有可能是三年，不过，也有可能才过了一年。此时，都城被卷入了战争的旋涡。当然，打得不可开交的是武士们，他们必然隶属于两个并列朝廷中的某一方，而说到互相残杀的这帮武士的军队势力，此时是南朝强些。也就是那个以吉野为据点创立的朝廷——南朝的据点此后又有多方变动——的军队，更胜一筹。

京都也暂时被南朝抢夺了过去。

话虽如此,老百姓仍旧日复一日平淡地生活着。

人,总要生活下去。

所以人们仍旧需要艺能,也享受着艺能,演歌舞,讲故事,仍是艺能人的买卖。

动荡在更早、更早之前就有。友鱼上了京,被介绍到了师父所属的座,继而得知了两件事。一件,就是在几年前,洛中[1]曾发生过琵琶法师接连被杀的惨案——真是惨绝人寰,惨绝人寰。还有一件,就是直到那桩惨案发生前,琵琶法师的座在京都主要有三处。

如今只剩下两座。

友鱼早已经习惯了自己经历变声期之后的声音。当然,他也思考着,该如何通过自己改变了的嗓音——还有其他声音——与这个世界产生关联,他一直在思考。可是,他本没必要思考的。

---

[1] 洛中:指京城内,京都市内。

他实在没必要思考。

友鱼进入了一家实力强劲的座，开始活用自己的嗓音和乐器的声音——他踏入了琵琶法师的修行之道。

十一
葫芦之章

那么犬王呢？他后来又如何了？

自从双脚可以裸露，他高兴极了。当他明白自己的双脚已经没有异状，别提有多欣喜了。不过假面还得按老样子挂在脸上，头巾也还得包裹住他那一头蓬草般的乱发。还有皮肤的颜色（既不是白色，也不是黄色或黑色。反倒是和鹿、狼、黄鼠狼、貂的毛色相同）、形状异样的乳齿也不能示人。但无论如何，他都不需要再穿足袋了。双手要被遮挡，双足却不用了，两只脚都不用了。裸露出来后，这一双脚可以说是活跃极了。为什么他的双足脱离了丑态，开始向美的方向演变了呢？虽不知其中缘由，却可知变化的经纬。他在练艺场窥看兄长们练习，悄悄观察，偷偷窃取——将舞蹈和猿乐的演技悉数偷学到手，丑陋就这样转变为美。于是他直觉到，这种转变还可能会更多——然而，这直觉却几乎未化成语言。犬王继续偷偷模仿练习技艺的那三四个兄长的模样。没有人强求他，但模仿仍在坚持。不过，他没有忘记自己心心念念的事情。比如"膝盖"！既然双脚到小腿部分都变得和普通人一样，那接下来变化的就是膝盖，而且是双膝。

　　他的双膝也变化了。

　　犬王现在能够奔跑了。他能打着赤脚，还能将双膝裸露出来，去奔跑。太爽快了，太愉悦了。理所当然地，可以奔跑后，犬王的活动范围便离家越来越远。犬王家的邻居已对他头戴猿乐的面具见怪不怪，但稍远地方的居民可不这么想。时年四五岁的犬王凭直觉领会了这一点。这直觉也是他赖以生存的武器。"既然如此，那我也可以找其他的东西戴到脸上啊。"犬王这样想。其他的面具，在一般的街头巷尾常能见到的那种，小孩子戴着玩儿的那种。

他找到一只葫芦。

他在眼睛的位置挖了两个孔，将葫芦扣在了脸上。

"哇哇哇哇！啊哈哈哈！"他放声大叫着，俨然一个嬉闹的顽童。

奔跑，奔跑，不停地奔跑。他一直跑到了右京[1]——跑到朱雀大路的对侧，向着荒废的京城西边。那里是有住家的，一户户，聚集在一起，他便在其间玩耍。比如，传说曾是西边市集的陈旧的露天场。

某一天，犬王在玩闹时弄掉了葫芦面具。他蹲下身时，葫芦因为惯性脱落了。犬王抬起头来，周围的小孩子们吓得一哄而散，大人们也惊得大嚷起来。真是有趣。

---

[1] 右京：平安京的西半部，以朱雀大路为界划分成东、西两侧的西侧。

十二

葫芦之章

据传言,在右京有妖怪出没。这妖怪下半身是普通的人类,上半身却是恶鬼——尤其头部形同鬼魅,极为丑恶,见过此恶鬼者无一不被惊得腿脚发软,倒地不起。不过呢,人们说这妖怪倒并不做其他恶事,他只会吓唬人和高声笑。

正是妖怪无疑!

人们这样说道。

这桩妖怪的逸闻也传进了友鱼的耳朵。

然而友鱼还有一个更加重要的传闻,不得不去追寻。友鱼并没有把那种普通人闻之色变的幻妖放在心上，反正这个看了会吓瘫人的妖怪，眼盲的自己是看不到的。虽说眼盲并非自愿，但他知道自己横竖是看不见的。不过呢，倘若那东西真的是鬼，遇到了可能会瞬间被吃下肚吧。但是，整日烦忧并无裨益——他如此想。

友鱼必须追寻的那个传闻，和如今几近灭亡的琵琶法师的座有关。

如今已消亡的座——当年大批潜进平家谷的，正是那里的成员。

然而，在数年前那桩惨案中，大部分人遭到杀害，丢了性命。

于是，死者的同行们不得不推测起因由。随即，他们便将惨死的直接原因，和平家谷联系了起来——肯定是因为他们潜入了聚集着平家流亡后裔的隐蔽之地，才遭了灾。所以，隶属于其他座，也去过平家谷的琵琶法师们便扯谎："没有没有，我可没去过平家谷。"

他们拼了命地否认——"绝没有去过那种地方啊!"

于是乎,友鱼并没托到关系。

他并没有遇见那个能够帮助自己的知己。

不过,却有了传闻。再加上,友鱼有一双好耳朵。这左右两只耳朵凑在一起,聆听着重要的传闻。这双耳朵能捡拾街头巷尾的流言私语。比如,他听到某个声音说:

"那个座并不是所有人都遇害了,当然还是有人捡了条命的。"

那声音,就这样从某张嘴巴里溜出来。

又比如,他听到某个声音说:

"不过,大部分人都逃到京城之外了。那一座的本所[1],在嵯峨野东部呢。"

那声音,就这样从某张嘴巴里溜出来。

还比如,他听到某个声音说:

---

[1] 本所:在日本中世,"本所"指名义上统治"座"的贵族、寺社。

"那儿有一个,两个,不,不,有三个活下来的琵琶法师,他们每逢新月之时就会聚集在一起。"

那声音嗫嚅道。

那声音,就这样,不敢高声语。

盲人的世界有什么月缺月盈呢?友鱼一边这样想着,一边又认定自己捕捉到了非常重要的信息。

哎呀,我得去确认一下。

嵯峨野东边坐落着某家寺院。在过去,也就是武家政权居于镰仓之时,这座寺院便随之兴旺,逐渐成长为一所有名的大寺。而琵琶法师们的那所"如今已经荒废的座"正与这座寺院有关。该寺因当世的战乱而遭烧毁,是那群武士有意为之的,同时,他们还将寺中僧众一并杀掉了。这些僧人在应该依靠哪一方——跟随将军本人,还是跟随其弟足利直义[1]的选

---

[1] 足利直义(1306~1352年):南北朝时代的武将,足利尊氏的弟弟。曾协助尊氏创立室町幕府,并掌握实权。

择上，做了误判，于是遭此灭顶之灾。

然而，将军其人，还有将军其弟，都和如今的友鱼无关。

虽无关系，友鱼还是要奔着那所废弃的寺院而去。

为此，友鱼必须穿过京城西边，走到桂川[1]附近才行。他拄着拐杖一路向前。荒野之上生着茂盛的芒草，不过友鱼也寻到一条有足迹踏过的羊肠小道，沿小路继续走着。

友鱼边听边走。

他一边侧耳聆听，一边向前迈着步子。

听上去，前面好似有七八名幼童。但是他们突然齐声惨叫起来。

"葫芦出现了！葫芦出现了！"他们大叫着，从友鱼身体两侧飞跑过去。

---

[1] 桂川：流经京都市西部，注入淀川的河流。上游为保津川，到岚山的渡月桥附近称大堰川，其下游为桂川。

"咻——"小孩子们拼死逃命,跑过时甚至卷起了一阵风声。

风声,齐声惨叫声,还有"是鬼!芒草荒地上的小鬼!"的喊声。

紧接着,友鱼耳朵深处回荡起那个只有声音的人的话语。是他的父亲在说话。

"友鱼,友鱼。"很少现身的亡父呼唤着他。

友鱼吓了一跳——看样子,这鬼是真的很危险了?就是因为很危险,所以死去的父亲才会显灵?我这就要被吃掉了,对吗?

——那,我得快逃!

"不是不是,不是这个意思!"亡父的声音慌忙解释,"逃跑才是不可取的!你别怕!你要留在这儿,坚持住!别被那鬼吓住!"

"您这是什么意思啊,父亲?"

"听好了,出现在你面前的并不是妖怪,而且,就算那是妖怪,他也是你的伙伴。"

有什么东西冲过来了，从友鱼面前的斜侧方飞窜出来，将芒草拨拉得沙沙作响。

"啊哈哈哈哈！"那人说。

"是葫芦哦！"那人又说。

"我可要把葫芦摘掉了哦！"听到这儿，友鱼或多或少也有些害怕。对方的声音原本像罩在面具下一般发闷，随后突然明朗起来，听上去就好似摘掉了假面还是什么。

随后就是等待，对方在等待。

等待友鱼发出"呀！"的一声惊叫，或者是瞬间吓得屁滚尿流。

他一边大声哈哈地笑着，一边等待友鱼的反应。

友鱼判断出那个声音的高度——哦哦，这鬼的个头很小嘛，真是个小鬼了。

"……抱歉啊，我是不会被吓瘫的。"友鱼说，"实在对不起，我的眼睛看不见东西，什么都看不见。"说到这儿，他又抖了抖手中的拐杖，展示给对方。

笑声戛然而止。

"这么说来……"对方道,"我根本就不需要戴葫芦面具了,不是吗?"

"是啊,根本不需要。"友鱼回答。直觉告诉他——看样子,我是不用去嵯峨野东边了。

十三

名之章

就这样,两个人相遇了。

此后,我们讲述其中一个人的故事时,其实也是在讲友鱼和犬王。不过,一个故事的焦点大多集中在其中一侧。遇到这种情况时,我们就选择友鱼这一侧来讲述。这是因为,追寻着友鱼的故事,实际上也扩展了犬王的故事。或者说,是友鱼的存在诠释了犬王,友鱼跟随了犬王一生。

话说这友鱼,他很快改了名字。

如果用他出生地的名字做艺名——也就是琵琶演

奏者之名——的一部分，那五百友鱼应该叫作坛之浦友鱼。也就是说，他得用自己出生地的那片坛之浦做姓氏。可是，他的地位还远没到能够冠以姓氏自称的程度。但他却早早地从所属座那儿得了个名字，那所座的演奏者给他取名"一"。也就是说，进京两三年之后，友鱼改了名字，变成了友一。

所以，友鱼的故事，此后就变成了友一的故事。

眼下故事的焦点，是友一。在讲述他的故事同时，也会巧妙地多多穿插犬王的故事。

现在来说友一。

友一逐渐成长为能在街头巷尾独当一面，且收入不错的琵琶法师了，而且他很快便大受欢迎。有人评价他"演奏水平真是高超"，还有人争论"不，应该是讲述水平更高"！除了这些声音外，还有人单纯地觉得友一选择的曲目很有趣。他只挑与平家有关的曲目表演。据说，只要是关于平家，友一无所不知。有传言猜测，就连一些不为外人所知的故事他都知道。

不过倘若有人问他，他便回答：

"没有这回事。"

可以说，友一算是在京城中心，在一座之中崭露头角。他究竟是如何做到这一点的呢？对友一而言，是与犬王产生了交集，这一切才有了可能。而且这交集很紧密、很紧密。友一甚至断言："他就是我这瞎眼人独一无二的知音。"两个人的年龄相差很远，足有十岁之多。虽有年龄差距，二人却很平等。年幼的犬王很不好惹。在他看来，命运不公，他便要嘲笑这命运。生来未得的福分，他便要抢回来。抢不回来，他便要咬牙切齿，低声怒吼。从犬王这宛如野兽般的人格之中，友一收获良多。不过，身为琵琶演奏者的友一真正学到的却是关于平家的种种。

他从犬王那里，听闻了诸多平家的故事。

他从犬王那里，得知了大量平家的秘闻。

没错，就是犬王告诉他的。

"我的那些哥哥……"有一次，犬王这样解释道，

"他们学了不少东西，习得了很多艺能，我都偷偷学到手了。于是，这些本领逐渐渗透于我，令我的身体感到欢愉，接二连三地使我舒适快活，就是平家的故事。"

"你的身体是怎么回事？"友一问。

"我的身体非常非常可怕哦，哈哈哈！"犬王笑道。

"你很丑？"

"我呀，我很污秽。"

"真的？"

"骗你的。"

"究竟是真是假呀？"

"亦真亦假。"犬王思索良久后，这样回答友一。他的态度十分真挚，"我的容貌极度可怖，这一点绝不会错。我浑身上下都生得极度可怖，这也没有错。不过，我也不是完全保持出生时的样子活到现在的。就在我八九岁的年纪，也可能更大一点的时候吧，左臂内侧就变美了，右手的手掌也是。不过，脸还是老样子啦。我这鼻梁都不一定只生了一个呢。"

"就是说，你是奇容异貌了？"

"我如今还得戴着葫芦面具呢，倘若摘下来，就会把人吓得晕厥过去哦。"

"真厉害呀。"

"我这么厉害，谁都不敢和我说话。就算我戴了一副葫芦之外的面具，也没人敢靠近我。但你看我，现在正滔滔不绝，口若悬河地同你聊着。"

"因为你讲的故事全都那么有趣呀。"

"是吗？"

"啊，没错。"

友一想，关于源平合战的故事，他可以从这里捞取。

可以潜进犬王这片海里捞取。

这真是一个重大发现。

十四

当道之章

谈到琵琶法师的座,就要在此说明一二了。毕竟友一的故事就是琵琶法师的故事,所以有必要解释一下。为了演出(演出权),所以有了座,它同时意味着流派的不同。不同流派手里的《平家物语》各有千秋。

不过,此时一位集大成者出现了。在猿乐(能)的世界,诞生了一位名叫世阿弥的能乐师。

一众琵琶法师当中,还有一个艺名末尾和友一相同,都是"一"字的人。这位广为人知的角色名叫"觉一",再加上官衔,应该称他为"觉一检校"[1]。

---

1 检校:盲官之一。授予当道座所属盲人的最高位阶。

这位觉一检校,正是琵琶法师的座——南北朝时期结束后,仍旧持续了数百年的"座"——的领袖。

他创立的组织名为当道座。

当道,便是这座的名字。

但是,"当道"这个词本来并不指座。单看字面意思的话,"当道",就是"这条道"的意思。这条道——这条艺能之道,放在琵琶法师们的语境中,指的就是他们的职业,也就是"演奏平家故事之道"了。

当时,京城中有数个以此道做营生的派别,每一派都是"一座"。自室町幕府成立前很久,大概在数十年之前就是如此了。

然而,友一进京的时候,琵琶法师的座已经减少到只剩两个了。

既然已从数座减至区区两座,便有人琢磨"那干脆就归拢到一座算了"。这样想的人,那个眼盲之人,不是别人,正是觉一检校。

在当道座中,位阶最高的是检校,其下一阶为勾当,再下一阶为座头。当道座为盲人艺能者赋予官阶,进行管理,从而保障他们的"职业"。这种"保障",自然需要权力的保护。

有传言称,这位觉一检校其实是足利尊氏的弟弟。最终,当道座归入足利将军的麾下,受其管理,这伟大之座就此诞生。在此之前,觉一检校整理了平家故事的正本。也就是说,只有觉一检校手中的版本才是正确的。

换一种表达,意思是其他的版本都可以忘掉了。

其实不如说是其他诸多逸闻被削除掉了——因为未被收录进正本之中——所以毫无用处。

各座即将在如此的演变之中逐渐统一,集结为当道座。本指"这条道路"的"当道",便将成为一座之名。

不过,到统一为止,还略需些年月。

友一的故事,如今还尚未到那时。

十五

十年之章

为了推进我们的故事,需大跨一步。

那么,就从十年后讲起吧。

就这样过了十年,距离前文说到的"座"——当道座正本[1]的成立还有四五年。虽然还有一小段时间,但友一的故事已经发生了决定性的变化。是谁引发了这场变化呢?是犬王。犬王的变化,影响了友一。

---

1 正本:抄写或副本的原本,或指由有权限的人根据原本缮制的,与原本具有同等效力的誊本。

犬王这样说道：

"友一，我要去表演。"

随后，他又讲得更细致了一些：

"我们比叡座的演出，我会去演上一曲。"

"哦哦！你太厉害了！"

友一回答道。

"如今，我已经大大远离了污秽。"犬王继续说，"让我来告诉双目失明的友一，我现在远离到了何种程度吧。我只要戴上一副正式的猿乐面具，人们甚至会说：'噢！那演者、那舞者、那歌者真美啊！'人们会赞美我，说我是最美丽的仕手方。"

"厉害，真厉害。"

"我这就要把我的哥哥们远远地甩在身后！"

"你真厉害啊！"

"不过，我距离真正的厉害还差一步，或者，也有可能差了两步、三步吧。"犬王继续说道，"为此，我呢……友一，你听好哦，我要做一曲相当厉害的猿乐，而且讲的是平家的故事呢。我呀……没错——"

他又说：

"没错！我要写好几曲！"

作为一种戏剧形式，人们把一部"猿乐能"作品称作"一曲"或"一番"。因为"猿乐"属于歌舞艺术，所以按"曲"来计数。犬王刚刚告诉友一，自己要写好几曲。他说："我会创作好几曲，孕育好几曲。"

孕育。

"友一。"

"怎么啦？"盲人友一回应他。

"不如，你就……"

"我就怎样？"

逐渐向"美"的世界靠拢的犬王如是说：

"你就把我写成一曲琵琶吧。"

十六

灵之章

　　至此，我们稍微将关注点转移开，插入一段旁枝故事。不过这故事也和友一有关。

　　某地有一亡灵，他活着时住在坛之浦，却因陷入一场阴谋而猝然殒命。他死得太过突然，无论如何都放心不下留在世上的家人，同时，他也目睹了家人在现世的状况。他发现儿子很快失明了，并开始出发游历诸国。于是，他决定放弃成佛，好好守在儿子身边。在安芸时发生了至关重要的大事，所以他努力地呼唤儿子："友鱼，友鱼。"眼前一片黑暗、早已看不到任何东西的儿子，听到了失去实体的魂魄发出的声音。所以友鱼回应道："父亲！父亲！"父亲知道儿子是奔着京城而去的。儿子告诉父亲，也就是这个亡灵：他不明白父亲为什么会暴毙身亡，也不明白自己——五百族的友鱼，为什么落得个瞎眼的下场。所以他要去寻找答案。父亲明白了儿子的愿望。其实他本来想告诉儿子："友鱼啊，关于这件事呢，你要知道，我们五百一族在很长一段时间里，都是靠从源平合战的海底捕捞遗物活着的。所以……这也算是付出代价了吧。"他还想劝儿子，"友鱼啊，想开点。"但是，他知道儿子是为了顺从母亲，也就是自己妻子的意，才付诸行动的。于是做父亲的一有机会就给儿子提供建议，替他引路。

不过后来，在他死去了十年之后又过了很多年，几乎快有二十年的时候，这亡灵身上——虽说肉体死后，"身"这个字对他已经没有什么意义了吧——发生了两件重要的事。第一件，就是他的妻子死了，也变成了亡灵。

"孩子他爹!孩子他爹!"亡灵身边响起呼喊。"哦哦!是你呀!是你呀!你也来这儿了?"他认出了自己的妻子。

"因为我悲伤过度、近乎疯癫,友鱼便上京去了。他走前还很坚强地对我说:'嗯。我去找!'"

"他有寄书信来吗?"

"寄过几次,因为他看不到,所以找了代笔。我不识字,收到信之后还要托识字的人帮我念。"

"高兴吧!"

"高兴,但也很寂寞。"

"是因为太过寂寞,所以才死的?"

"是吧。"

"行呀,那你快快成佛吧!"

"好的,我会的。"

最后,亡灵告诉妻子,来世再会。

第二件重要的事又是什么呢?

一般情况下，都是亡灵主动在儿子面前显灵，和他交谈。虽说是"面前"，但是儿子看不见东西，所以实际上是在儿子的耳边显灵。可是，近十年他却越来越难显灵了。亡灵一声声地喊着："友鱼！友鱼！"却听不到回答。因为儿子改了名字吗？他必须得改口喊："友一，友一，喂！友一呀！"话虽如此，但他却没那个心情——我的儿子明明叫五百友鱼，才不是什么五百友一呢。啊啊！该如何是好，如何是好啊！亡灵很是苦恼。某天，他又现身了。这次是儿子主动召唤他的。

"父亲，父亲！"

一开始，亡灵并未回应他。

"父亲，父亲！求求您显灵吧。为了我，请您此刻显灵吧。"

"怎么了？发生什么事了？"亡灵到底还是回应了。

"父亲呀，我想问问您周围……"他的儿子——

友一问道。

"周围?我周围怎么了?"亡灵反问。

"还有很多其他的灵魂是吗?我说得对吗?"

"什么呀,原来你问的就是这事啊。的确有很多,不断会有新的灵魂出现。还有些生灵[1]。他们出于怨恨,现身于此世与彼岸的夹缝里。我也能看到他们的存在。啊啊,当然,还有那种怨恨之情深入骨髓的灵魂,他们密密麻麻地挤在一起,漂泊游荡。"

"那些是怨灵吗?"

"既然是心怀怨恨的死灵,当然就是怨灵了。"

"他们的数量没增加吗?"

"什么意思?"父亲的亡灵没有理解儿子的问题,于是反问友一。

"我上京来,认识了不少琵琶法师。啊,就是说,

---

[1] 生灵:活人的怨魂。指的是活人的怨恨与复仇心化为作祟于人的冤魂。

我进入了琵琶法师的世界，自己也成了琵琶法师。所以我想问，父亲有没有见到更多怨灵？"

"听你这么一说，的确是增多了。不过，都城遭受战乱冲击，怨灵多些也是正常的吧？"

"可是呀，父亲。琵琶法师的怨灵又怎样呢？琵琶法师的怨灵增多，也是正常的吗？"

"什么意思？什么意思啊？友鱼？"

"我现在叫友一啦。"

"哦对，友一。你这话是什么意思啊？"

"在京城含怨而亡的琵琶法师那么多，也是正常的吗？"

"你究竟是什么意思？"

"到底多不多呀？父亲。"

"哦，是啊。挺多的。"

"一定存在着十年，甚至二十年间徘徊在此世与彼岸夹缝间的怨灵。你耳旁或许也回荡着琵琶声，以及在琵琶调弦时用的箫、一节切[1]的声音,对吧?"

"哦,有的,有的。"

"对吧,对吧!"

"的确有!的确有!"

"琵琶法师的怨灵最多的地方,是在哪儿?"

"哦哦,那不就是在猿乐的——比叡座的练艺场吗?"

"谁的周围怨灵最多?"

"哦哦……这……"

"是犬王的周围吗?"

"没错,是犬王的周围。他周围竟然聚集着这么多的怨灵?亡灵之间倒是鲜少交谈的。如果本没什么因缘,那就完全不会交流了。啊啊,对了对了,友鱼呀,不是,友一呀,你妈妈死了。"

---

[1] 一节切:日本的一种传统木管乐器,可能是日本尺八的前身乐器,因使用一截竹子制成而得名。

"你说什么？！"

"不过，她已经成佛了。"

"既然如此，也罢。"

"呵呵。这些琵琶法师的怨灵说犬王身边'也没有这么多怨灵，已经比之前少了'。这是他们告诉我的。'还是有不少怨灵成佛了的'——他们还这样告诉我。"

"果然，果然如此！"

"啊啊，是啊，友鱼呀。不，不，友一啊，你呼唤我显灵，就是想要知道这些事吗？"

"我是想确认这些事，我想确认，确实有怨灵因犬王而成佛。没错，我就是想确认这一点。"

"嗯。"

"我就是想要确认这一点呀。因为接下来，我要将犬王这半生的经历作为一个新的篇章添进平家的故事之中——为了我自身的从艺之道。"

"那是什么意思？你究竟在说些什么呀？啊啊，

和没有因缘的怨灵交谈好难受,啊啊,啊啊,太消耗精气了。啊啊,实在是太痛苦了!"

这便是发生在这肉体已然散尽的亡灵身上的第二件重要之事。亡灵怀念起了坛之浦,这京都距那片海太遥远了。虽然旅途的遥远对他没有影响,但如今他忽然意识到,是啊,太遥远,太遥远了。该到成佛之时了,他这样想。

十七

琵琶之章

接下来，我们再说回友一的故事。

故事从这里开始飞速地加快，奔腾起来。

盲人琵琶师友一进步极为显著，他甚至开始在一座之中收起了徒弟，传授他们演奏技法和故事。不过，最重要的还是在市井街巷之中兜售自己的艺能。此外，在寺庙神社为募集净财[1]扮演"平家"时，偶尔也会用到这艺能。如今他已能冠上自己出生地的名字

---

1 净财：捐给宗教团体、慈善机构、社会事业等的金钱。

了。坛之浦友一。也常有人只呼他的出生地名，称他为"坛之浦大人"。当有消息说坛之浦大人要在某个神社的鸟居边演出，转眼就会聚过来一群人。不论在寺舍之内，还是在大小道路的交叉口演出，人们都会聚集起来，听他弹唱。

平家原来还有这样的一面？人们听闻到。

平家原本还发生过这样的故事？人们听闻到。

还有新的平家故事哦，真的哦！人们听闻到。

听众明白了，这是新曲，是这位琵琶法师坛之浦大人——坛之浦友一创作的新曲。而且，他弹唱的并非很久之前已经终结的故事，甚至不是一百七八十年前的逸事，而是当世的逸事。是发生在近二十年前的，甚至不满二十年——差不多十七八年前的事，并且，这些故事仍在继续。毕竟故事的主角，正是比叡座当家人的儿子。是那个人气绝顶的、近江猿乐大夫的儿子。不，不，这位当家人、这位大夫前一阵子已经暴毙身亡，所以犬王如今不能说是比叡座当家的儿子了,而应该说是原当家人的、已故大夫的儿子。而且,犬王已经在向着大夫的位置攀爬,他的地位已经极接近大夫了。虽然他有三四位兄长,可技艺人气却无一人能出其右。

此外,在犬王收获的极高赞誉中,友一的琵琶起到了极大作用。

因为是友一讲述给世人——犬王是怎样诞生的。

琵琶法师坛之浦大人紧跟着犬王人生的进程,告诉大家:犬王生来是如此这般,他又如此这般长大,然后到了现在是如此这般模样。你们看,前几日他发表了新作品,是这样的内容……

犬王的人生,也就是他的现在——甚至可以说是生活中的每一天,都被琵琶法师一一讲述。

"这么没道理的故事怎么可能存在呢?"有人说,"别听他胡诌!"

"竟然有这么骇人听闻的事哦。"大部分人却是这样说的,"噫,太可怕了,但是又好有趣啊,我信了!"

友一用琵琶演唱犬王的故事时,总在心底默默地说:"啊啊,父亲,我多么幸运能成为您的儿子啊。"这句话他本想说出口,但是他再也不能听到父亲回应自己的声音了,原本化作幽灵的亡父已经彻底消失了。这或许也意味着,父亲是在预示他"自此以后,再也不会迷失方向了"吧。这是最后的最后,父亲的灵魂留给儿子的遗言。可是,这真是不可思议呀。友一想:亡灵虽然有提出"去吧!去严岛吧"和"去吧!去会会那个上半身是恶鬼的妖怪吧"一类建议的能力,却并不能,也的确没做到将万事都看透,他也有闹不明白的地方。虽然能指明一些和平家有关的细节,但基本无法解释其中因由。

原来,这就是亡者啊。

不可思议,不可思议。

——不过,不管怎么说,他都是个好父亲,友一如此想。而另一个人的父亲就纯属丧心病狂了。那就是犬王的父亲,一个牺牲自己亲生儿子的家伙。

以坛之浦这一名号为世人所知的友一，演奏着犬王的故事。在听众们的请求下（而且是热烈请求下），友一弹奏着琵琶讲起了这段故事。也就是说，到了这儿，友一的故事就变成了犬王的故事。哦哦，就这样发生了变化。要是能口述这一曲故事，请人记录下来就好了——友一这样想着。而且，还要在对方明白"这也是平家的故事"的基础上去记录才好。这样一来，复数的章节被归拢至一处，就能集结成一卷了，这可以说是极为特别的一卷。

名字，就叫《犬王卷》吧。

那么坛之浦友一的琵琶，是怎样讲述犬王的出生呢？

友一是如何讲述的呢？

十八

术之章

他是这样讲的。

他有父母。

友一讲道:

——他有父母,有父亲。哎哎,什么样的人都是有双亲的。母亲自然是必须有的,但也得有父亲。父亲!我们来说说这位父亲!他渴望到达巅峰。不,不,当然不是说他要谋权篡位。他并非心怀野心,想要令天子威仪扫地,置朝廷于崩落之境。这位父亲绝不是平将门或藤原纯友,也不是源义亲或藤原信赖,更不会是那位最不同凡响的平清盛。毕竟他与这些人的出身本就不同,他从未拥有过平氏、藤氏、源氏这些家族的姓氏封号。别说封号了,他甚至只是个艺人。然而,艺能之道就是追求美的道路。所以,这位父亲想要攀登美的顶峰,他发自内心地、恳切地祈盼着。

这可以说是卑贱者深切的祈盼。

这位父亲生于近江猿乐的比叡座,隶属日吉山王神社[1]。该神社举办祭礼之时,整个比叡座全座出动。包括比叡座在内,有三大座需要参与神事的演出活动,分别是比叡座、山阶座、下坂座,它们是近江猿乐的上三座。下三座则侍奉多贺的神社,分别为敏满寺座、大森座、酒人座,其中在京城也十分活跃的是上三座。再加上畿内诸国也存在猿乐座,所以比叡座的竞争对手绝不是同处于江州的山阶、下坂二座而

---

[1] 日吉山王神社:日吉大社。位于滋贺县大津市的神社。东本宫供奉大山咋大神,西本宫供奉大己贵大神。日吉大社属日本二十二社之一,深受朝廷崇敬。

已。诸猿乐座之中的强敌，便是大和四座，也就是隶属于春日神社和多武峰的结崎座、外山座、坂户座、圆满井座。哦哦，这结崎座便是当今的观世座了。那位大夫，那位抵达艺能极致的观阿弥登上历史舞台后，座名改称观世。

诸座竞争可谓极度激烈，谁能到达巅峰，谁就能得到极丰厚的收获。毕竟猿乐——猿乐能，只能在街头巷尾表演，引百姓观赏。如果技压群座，猿乐师就可从卑贱的艺人身份摇身一变，飞黄腾达，这是犬王父亲发自内心的愿望。而这种极度的渴望，会诱使人对绝不应染指的"妖术"出手，那种妖术被称为"验术"。也可说它是"异术"吧，因为它是一种异国传来的咒术。

这"术"和猿乐本身也有关联，如今的猿乐已经具备戏剧形态，也就是说，它已经进化成为"猿乐能"了。但是过去呢？过去的猿乐还包含傀儡术，也就是操纵人偶表演的一种演出形式，还包含轮鼓[1]、八玉等杂技，甚至包含品玉[2]等奇术。再早些时候，猿乐被称为散乐。更进一步向前追溯，散乐被称作百戏。百戏，是从中国——大唐传来的。

所谓"百戏"，正如其字面的意思，包含了百余种纷杂的艺能。不过，百戏逐渐变为散乐，散乐又逐渐成了猿乐，猿乐如今又主要以"猿乐能"的形式受大众喜爱，在此期间，那百余种纷杂的艺能大部分都消亡了，又或者是被其他的艺能形态吸收了，大部分杂技、幻术都是如此。但是，它们也并没有全部消亡。有那么一两种咒术被人认为"消亡掉了实在可惜。不，让世人看到它本就可惜"。于是，这咒术从异国传入后直接被封存并秘密流传，一直保留到了现世。它也

---

1 轮鼓：陀螺的一种，与其他陀螺不同，用细线操纵，在空中抛接。镰仓时期成为大众游戏的一种。
2 品玉：又称"和妻"，是日本自古以口相传的传统魔术。"和"指的是日本，而"妻"是指闪电（日语写作"稻妻"），意思是魔术的变化或魔术师手部的动作如同闪电般快速。

正可谓是真正的妖术。

对于这妖术来说,想要轻而易举地抵达艺能之巅峰,只要和魔物做个交易便可。

十九

生之章

术。

虽说前面讲到,这咒术一直保留到了现世,但如今它已消失。又说是"有那么一两种"……但实际上,就算真的有两种,那这两种咒术也双双消失了。为什么呢?因为生于近江猿乐比叡座家系的那个男人"最后一次"使用了它。"反正在这个时代,所谓继承完全可以断绝。那我就为自己招来最强的魔物好了。这魔物要有一等一的,最极致的力量。如果这咒术能够提高艺能技巧,令整个比叡座迎来繁荣,那就把所有的力量混合在一起好了！只要它能助我成为比叡座的大夫，与全座共赴荣华富贵就好！"

于是，有个声音回应了他的祈祷。

"你想要璀璨夺目的才华？"

听那声音这样问，男人兴奋不已道：

"哦哦！想要！我想让自己的技艺登峰造极。"

"你想让技艺登峰造极？"

"没错，登峰造极。"

"你想让自己的美登峰造极？"那声音又问。

"想！想要登峰造极。"

"那可要做出很多牺牲的。"

"我愿意牺牲，我愿意牺牲。"

"那么，我来问你。你所追求的这条艺能之路，如今最流行的是什么？"

"岂止是'如今'？自元历年间，平家于坛之浦灭亡以来，坊间讲述不休的全是平家的故事。歌舞也是，戏剧亦然。"

"关于平家的戏剧多吗？"

"还很少。"

"你想要更多？"

"想。"

"可是，戏剧需要有题材才能创造出来，需要有一些引发观众兴趣的逸事才行。"

"啊啊，需要，需要的！"

"那我再问你。如今这个时代，最精通平家故事的人，是谁？"

"那自然是座头——琵琶法师们了。"

"琵琶法师有好几人吧？"

"岂止几人，有好几十人，甚至有一百人、两百人那么多。是啊！轻轻松松就能数出两百人。在如今的京城内就能找到两百个琵琶法师来！他们的座也不止一个。有名气的座就有三个呢！"

"哪一座最精通平家的秘闻？"

"眼下的话，应该是那一座吧。"

"那一座有几十个座头？"

"啊啊，没错。"

"我要他们的命，你就瞄准那一座的琵琶法师吧，去把他们那一座全部消灭。"

"噢噢！好。"

"去吧，快去吧，快去从平家的故事里汲取力量吧。待我将那些生命吞噬之后，再来告知你献上的牺牲是否足够。"

他们如此交谈，如此交涉，这个男人从内心深处期盼着能够到达巅峰。为此，他没有一丝一毫的迟疑，大开杀戒。琵琶法师被接二连三地杀害。毕竟，那世道比如今仍要乱上许多。当时的朝廷和如今一样，也是一分为二。两方势力中，武士们也一样不是投到这边，就是投到那边，就连将军麾下也并非坚如磐石。内讧早已是家常便饭，动不动就演变为全国规模的纷争。就是这样的年景，就是这般年景之下的京城，杀人者才能瞒天过海，让人们做出"哦哦，他们之所以会死，应该是卷进武士斗争之中，被牵连了"的推测里来。正因为可以瞒天过海，男人才大开杀戒。不过呢，那群眼盲的琵琶法师间也传播开了流言蜚语，盲人们大受震撼，认为这"平家座头"的头衔便是同伴们丢了性命的原因。而且，还偏偏单是那一座的琵琶法师惨遭毒手！可怕！真可怕！

那男人身处这恐怖的最深处，不停地杀、杀，越杀越多！

"怎么样啊？我为你奉上了如此多的祭品！"

他对那魔物说道。

对方回答道：

"嗯嗯，做得还不错。"

男人欢喜极了。

"那么，你是满足了吧？"

"哦哦，你还要做到一点，我才能满意。"

"还有一点？"

"微不足道的一点。"

"微不足道的一点？"

"你妻子现在有孕在身，对吧？"那声音问道。

的确，男人的妻子正有身孕。而且，他的妻子十分清楚丈夫的野心，她不但清楚，而且也发自内心地希望他能爬上艺能世界的巅峰。拥有一个举世无双的优秀丈夫，也是她的愿望。

男人回答："没错。已临产了。"

"你说过，想要让自己的美登峰造极，那你就把那孩子交出来吧。"

"你想让她生个死胎？想让她流产？"

"不，不，我要的是那孩子出生之前的无垢的美。没有一丝污秽的、全部的美。把他给我，来交换你想要的登峰造极。把他奉献给我。来吧，你能做到吗？你能把这种诅咒，加诸自己未出生的孩子身上吗？你的孩子将是你诅咒的靶心，而你就是那诅咒者。就算看到结果，你也不可埋葬他，不可在他呱呱坠地的瞬间缢死他。"

"哦！哦！我做得到！"

"做得到，对吧？"

"当然。"

没错，这孩子就这样有了父母，一对令人生厌的父母。魔物要求这父亲将尚未出生的儿子献祭给自己，而这父亲竟轻易允下了这诅咒。他的亲生父亲！那之后，胎儿足月，生产的日子到了，这家人慌忙喊来接生婆。那一天，产妇因阵痛而哭泣。"哈——哈——"地喘息着，"呜——呜——"地呻吟着。不过，到此为止一切还是寻常的自然过程，接下来才是颠覆这寻常过程的一幕。婴儿娩出，接生婆发出惨叫，孩子的母亲也发出惨叫。是的，母亲也在惨叫！因为这孩子刚生下来呀，哎呀，就已被毁得体无完肤了。噢噢！哦哦！他浑身萦绕着污秽。哦哦！哦哦！哦哦！受诅咒的孩子就这样降生了！

这孩子就是犬王。

二十

面之章

　　被污秽缠绕，被污秽遍染于身的孩子，就是犬王。生下的第一年就被称作"丑陋妖怪"的孩子，就是犬王。这个男孩子长着颜面，也有手足，足底也完好。然而，他的四肢躯干啊……哦哦，已经被尽数诅咒，无一幸免了。他的母亲甚至不去直视他，也根本无法直视他。他的外貌是如此丑陋！他的父亲只为了确认结果才瞥了他一眼，随后便窃笑诅咒得逞，再没有看过他第二眼了，多么残忍无情！但是，他并没有杀掉这孩子，也没有用绳子缠住他的脖子缢死他、埋葬他。因为他与魔物有约在先，他不能杀掉这孩子。

犬王就这样活了下来。

无论生得如何畸形怪异，他仍能进食。而且，倘若不给他食物，就等于违反了同魔物之间的那个"不夺其性命"的约定。所以，只要犬王有"吃"的意愿，他就能得到食物。想吃，就能吃进肚子。犬王长大了，哦哦，他活下来了！犬王会爬了！他一蹭一蹭地在地上爬着，哦哦，又在土上爬着。哦哦！哦哦！他站起来了！他没有摔倒就站了起来。不，不，他摔倒了很多次，但站了起来。随后，他又能走了。一开始，他连滚带爬地迈步，很快，他就能走二十步、三十步……不，不，他能走百步以上了。可是，做到这么多，却从未有人对他发出过喝彩，也没有人表扬他"长得好快哇，这孩子真棒呀"，更没有一个人去关注犬王。如果真的被人看见了，可能更麻烦。家人早就想把他赶出屋外。实际上，他们白天也准备任由犬王随意乱跑的。然而,犬王家毕竟是历史悠久的近江猿乐一座,在京城拥有立足之地,家中辟有练艺场,倘若传闻四起,说他们家"生出了妖物,弥漫着妖气"可就糟了。于是犬王的家人想了个对策,那就是假面。他们准备了一枚木雕的假面,让犬王戴上了。

让他戴上假面,把他扔在屋外不再理睬。

当然,除了假面之外,犬王还要戴着头巾,穿着足袋,等等。然而,那张无表情的假面吸引了人们的注意。"哎呀呀?那是什么?"人们忍不住会这样想。于是大家纷纷议论:"孩子还这么小就要戴假面?这是在训练他的技艺吗?未免太过严厉了吧!"

可是,那没有表情,只有"空"的面具过于诡异,很快便没有人敢看了。发自内心介怀的街坊四邻,也逐渐接受了他那副奇怪的模样,渐渐不再议论了。

而犬王呢?他透过面具观察街头巷尾的人们。

透过假面上挖的那两个洞来观察外面的世界。

和不戴面具待在屋内相比,透过假面,他能以不同的视角去观察,也能看到不同的东西。

他看到了,逐渐看到了。

二十一

足之章

　　他看到了，逐渐看到了。

　　坛之浦友一的琵琶——那琵琶的旋律伴随着他的歌唱，如此倾诉道，眼盲的坛之浦大人日复一日地弹唱着"他逐渐看到了"，引出犬王的故事。那么故事接下来要怎样发展呢？接下来的"足之章"，讲的是这样的内容。

　　哦哦！真想打赤脚呀！真想打赤脚呀！犬王迫切地渴望着。有一次，他偷偷窥看练艺场，模仿着兄长们运足的模样。不，不，他是在偷看时偷学到手，随后独自认真练习的。于是呀,哦哦,哦哦!他的脚产生了变化。犬王的脚,左右两只,都变了——

讲到这儿,故事仍未结束。坛之浦大人——友一讲述的"足之章"还有后文。可惜的是,那对(与生俱来的)普通的双脚,仅是膝盖以下的位置改变了样貌。那是犬王年仅三四岁时候的事。接下来,到了他四五岁的时候,他的双膝也开始变化。

坛之浦友一如是讲道:

哦哦!如今他的小腿也变得正常起来。既然如此,犬王便恳切地期望着自己的膝盖、双膝,也能变成正常模样。还是个孩子的犬王仔细斟酌着整个变化的前因后果。不,说实话,他也并没有如何斟酌,只是靠第六感去判断的。他开始不断精进猿乐艺术的修为,偷偷地学艺,待他基本达到哥哥们,而且是大哥和二哥的艺术水平时,哦哦,哦哦!他的膝盖也变了,左右两边的膝盖,都变了!

二十二
群灵之章

脚。

膝。

友一的讲述简明扼要,他就是如此说唱、演奏着犬王的故事。讲到犬王的膝盖发生了什么时,他描述为"脱离了丑陋,变得美了"。原来如此,描写到这种程度便已足够。"四五岁的犬王感到快乐,快乐,他了解了快乐的滋味。"友一道。原来如此,这样说便足够了。生为丑陋之结晶的犬王从一开始就有极强的信念,那就是——他要活下去。为了活下去,他还要攫取。试问一个彻底丑陋的人,能从他人身上获得什么?那只能是美了。只有追寻美才是正确的,才可毫不迟疑,毫不迟疑者将得到祝福。没错!这一条道路是正确的,要走下去,走下去。

不知是谁在嗫嚅。

是谁,在如此祝福?是谁?是哪些人?

关于这一点,友一是如此讲述的——他从葫芦的故事开始继续道:

接下来就要讲到葫芦了。

他说。

——继木雕的那副"无"的假面之后,犬王亲手在葫芦上挖洞做眼睛,拿葫芦做了面具。当然,洞有两个。犬王的双眼透过那两个洞看着外面,观察着巷间的种种。哦哦!透过假面,他能以不同的视角去观察。哦哦,哦哦!透过假面,他还能看到不同的东西,他看到了!哦哦!他看到了!那么,他究竟是从何时起,将那些东西看清楚的呢?究竟是他几岁的时候呢？是他五六岁的时候。在那样的年纪，某些东西出现在了犬王眼前。这也可说是透过缝隙窥看到的。因为，他等于是在现世的空隙之中，看到了常人看不到的东西。而之所以能够做到这一点，一言以蔽之，就是因为他是透过葫芦面具去看的。哦哦！都是拜那双为了看到不寻常东西而生的、不寻常的双目所赐。不，不，是拜他双目前面的、假面上的两个孔所赐啊。那么，他又是在哪儿看到那些东西的呢？是在道祖大路与六条大路的交界处偏下一些的位置，也就是右京的左女牛附近。就是在那儿，犬王目睹了一场火灾，熊熊燃烧着的是一幢老房子。几个小偷在逃走前放了把火，火势迅猛极了，或许是因为天刚擦黑，有不少人在火场围观。距那燃烧的老屋不远，犬王也在围观。他小心翼翼地不让大火扬起的微小火星碰到，他躲在了草丛中，也就是低矮的草窠里。可是，总感觉有哪里怪怪的。他发现熠熠发光的不只是火灾现场，自己的双脚也在闪光。犬王猛地后退一步。可是，奇哉怪也，他什么都没看到。双脚站立的地方只是普通的地面，不过是生着些杂草而已，并没有会反射火焰光芒的金属物体。这可有些不对劲了，犬王想到这儿，抬起视线。可就在此时，他发现自己的双手也开始发光了。他透过葫芦面具的两个孔，准确地捕捉到了那光芒，犬王凝视着。透过那两个孔，静静凝视着。于是乎，那光芒宛如一大片一大片的卵，聚集在他的双手上，从手掌到前腕，再到手肘，正是这些东西在发光。慢着，那这么说来——犬王再次将视线扫向他的双脚。有光，有光缠绕在他的双足上。那一大片卵聚集在他的双腿上、臀上、腰间，哦哦，还有肚腹之上。是这些在发光呀，犬王想。这光芒虽耀眼，但又像影子一般，影影绰绰。这些东西是附身在我身上的吗？观察到这一步时，犬王突然悟到了。这些，不就是鬼火一类的东西吗？也就是说，他们是聚集在我全身上下的幽灵？于是，犬王不由自主地"啊哈哈哈哈哈"地放声大笑起来。

"我发现你们了！"他说。

"哦哦，你发现了！你终于发现了呀！"那成群的灵魂回答。

"终于发现了？你们究竟是从什么时候开始缠着我的？"

"从一开始哦。"群灵齐声回答，"从你呱呱坠地，从你离开母腹，被拖进这个世界，我们就附在了你身上。我们群聚起来，一齐附身。不，不，不，或者说，是我们所有人，都被你束缚住了，被你的丑陋束缚住了。至于为什么，让我们告诉你理由吧。我们都是在这京城被杀的，被残忍地夺去了性命，成了某种咒术的牺牲品。苦闷呀，怨恨呀，接下来我们该去哪儿才是呀？对了，要到那个证明我们被残杀的人身边！作为牺牲品，我们都是同类，而且那个人是唯一活在现世的证据。不，我们在你这个证据尚未落地时，在你出生之前，就来到了你的身边。你之所以丑陋，正意味着某种妖术得逞了，你的丑陋就是证据！正是因为对这一切因果心知肚明，所以我们才会被你的丑陋所吸引、所束缚。于是，我们一直留在你身边，自你出生以来，一直都在！而且，没错！我们一直在等待，一直在等！等着被你发现的那一天，等着能够与你交谈的那一天！犬王呀！到此为止，你从未做错什么。你走着一条正确无比的道路。你的肌肤或许是感受到了我们喧闹的忠告吧！就算你当时只有三四岁，想必也感受到了。那么，如今已经五六岁的犬王呀，请你放心，我们是你的伙伴。我们是以演奏、讲述平家故事为生，但惨遭虐杀的琵琶法师的怨灵。我们统统被你的丑陋所束缚，所以才聚集到你身边。为了一点点解放你的丑陋，解脱我们自身，所以才聚集到你身边。我们为了能一个个地成佛，所以才聚集到你身边。来吧！从今天开始，我们联手起来，将那已经显灵的咒术破除吧！"

二十三

新作之章

友一如此讲道。

这位坛之浦大人,讲出了这样的后续。

琵琶法师友一的《犬王卷》之中,包含着巨大的进展,孕育着巨大的动作。换句话来表达——因为用了"孕育"一词——就是胎动。那胎儿在蹬踹着,不断地蹬踹子宫的内侧,不停地打转、扭动,等待着临盆的那一刻,等待着降生的那一刻。它究竟会降生在哪儿?它会降生在外面的世界里,降生在真实的街头巷尾之间。而京城的街巷会变成什么样子呢?又会做出何种反应呢？关于这一点，之前的章节中已经提到了——人们表现得十分狂热。大批的京城百姓痴迷着友一的故事。这首新曲,这首平家新曲——《犬王卷》,实在是太迷人了。

而且，它和单纯的娱乐节目不同。

首先，犬王是实际存在的人物，而且和大家生活在同一时代。

他年龄十八九？不，可能刚过二十？不管具体年龄，他都是现存于世的猿乐演员。当然，比叡座也是现存的猿乐座，而且它在诸座之中人气还是最高的。

那么，究竟是谁将比叡座抬到了如今这般高的地位呢？

正是犬王的父亲。

他的父亲当上掌门之后，比叡座不断地获得成功，方才有了如今的高贵地位。而这每一次的成功演出，曲目全都是新作，是犬王的父亲创作的曲目。他创作了很多作品，比叡座也因此显赫起来。而这一批新作个个都有趣极了，人们纷纷被这一批新作迷得神魂颠倒。犬王的父亲选择了大家耳熟能详的故事里完全崭新的材料，用"猿乐能"的形式呈现了出来。说得具体些，就是专挑平家一门灭亡的故事之中那些能够吸引人们兴趣的逸事和逸闻，再将它们戏剧化地表现出来。没错——正如《犬王卷》开头那魔物所谈到的一般。也就是说，比叡座当今之所以能够收获巨大成就，是明明白白、有迹可循的。那么，比叡座的一座之主——犬王的父亲，究竟是如何将"耳熟能详的故事之中的崭新（罕见）题材"弄到手的呢？这尚是个谜。而这谜底却被坛之浦大人的琵琶揭开了，原来，犬王的父亲凭借了并不属于此世的某种存在的帮助。

想得到帮助，就必须有牺牲。坛之浦大人断言。

正是这些牺牲品，引出了平家的诸多秘闻。坛之浦大人断言。

这断言令听众群情激愤：

"噢噢！怎会如此野蛮！"

还有：

"怎会有如此闻所未闻的趣谈！"

甚至有：

"怎么怎么！原来正是因为有这么一番内幕，所以比叡座才……啊！它才能抵达近江猿乐的顶点，还赢过了大和猿乐的四座啊！"

接下来，反响声仍不绝于耳。

人们问——后来会怎样？

人们又问——后来怎样了？

因为这催促的声音高涨，《犬王卷》的故事迅速展开，奔驰起来。当然，《犬王卷》讲的是犬王的故事，但它也是，也正是友一、坛之浦友一的故事。友一的人气越来越高涨，越来越高涨！街头巷尾，人人都爱听友一的演奏。很快，民众间如此反映道：

一听犬王，便知平家。

其中缘由，在于长大成人的犬王也和他的父亲一样，开始亲手创作新曲了。他也开始"诞生"出新曲了，而且，他的作品也都取材自平家灭亡的故事，他为自己的作品打上"作者犬王"的标识。没错，从那时起，犬王的艺名便是犬王，他自称"犬王"。

他以这样的名字公之于众。

随后，他要做的便是将自己诞生出来。

将那个不需要佩戴假面便可行走于人世的自己，诞生出来。

二十四

策之章

某地,有个小孩。这孩子刚刚降临人世不久,只有一岁,是个男孩,但在确认性别前,接生婆就发出了惨叫声,他的母亲也发出惨叫声。根本没人来得及去看他双腿之间,辨别男女。因为他过于丑陋,大家只觉得从母体中拖出的是具残破的身子。不过,被毁的四肢与躯干竟然——不知是如何做到的——是连在一起被拖到人世的。当然,他是长着脸的,也长有手足,也有脚掌。可他从头到脚,都是一副受了诅咒的模样。其实,他母亲早有预感,明白自己会生下一个受诅咒的孩子。毕竟那诅咒者就是她的丈夫，也就是这孩子的父亲，所以她是有一定的心理准备的。可是，她没想到情况竟是如此惨烈，她真的做梦也没想到。

因此，她无法直视这个孩子。

所以一时半会儿，没去确认他是否长有阴茎。

他身上的种种，都导致他的母亲不愿看他，接生婆也不敢多看一眼，甚至那个诅咒他的人——他的父亲，都没有将他看在眼里。比如，在不该长有毛发的地方，覆盖着毛发；在本该生着指甲的地方，却长了像牙齿一样的白色块状物。这种种丑陋拼在一起的身体，谁都没有将这些尽收眼底——他的母亲、接生婆，还有他的父亲，都没有，就连这个满身污秽的孩子自己也没有。尽管他的真容迟早是要被看到的，但那是在他五六岁以后的事了。

这污秽之子便是犬王。

犬王的家系本在近江国，但他诞生于京都。

他被生下来，顽强地活了下来。虽说样貌极度异常，可他既长着嘴巴，也生着鼻子，他能进食，能呼吸。不过，他虽能饮水，他的母亲却从未让他直接衔舐自己的乳房。她将乳汁挤出，积攒在容器里，让犬王去舔、去吸容器里的乳汁，简直和养一头牲畜幼崽一般。从一岁起，再到两岁，犬王爬着，膝行向前，去喝那容器里的乳汁。他用舌头吧唧吧唧地舔舐，吃得奶水四散飞溅。

每当一口乳汁被他舔进嘴，被他的丑陋所缚的群灵便发出喝彩，他们是没有人能够看到的一群死灵。

每当犬王用舌头吧唧吧唧地舔舐，群灵便欢腾着，喜悦地高呼："哦哦！他还活着！他活下来了！"

生前是琵琶法师的群灵一齐呐喊："你要活下去！活下去！"

度过了婴儿时期，犬王能够站立，也能够行走了。他的家人随他在屋外乱动。但是为了藏住他那副异常模样，他们想了一些法子。首先，为他戴了一副假面。然后又给他围上头巾，手上戴了手套。就这样把他全身都包裹遮盖了起来。其中，那副假面最为惹眼，那是一张没有表情的脸。详细点来讲，那张脸既没有笑容，也没有悲伤，不会睥睨。既不是老翁，也不是老妪，当然也不是年轻女子或男子。非鬼，亦非神，就只是一张没有表情的脸罢了。

一张"空"的假面。

不过，那假面之下的犬王，还是会笑的。

两三岁大的犬王，会在那假面之下，无声地流露出微笑。

在他微笑的瞬间，被犬王的丑陋所吸引，附到他身上的群聚灵魂便大声欢腾："哦哦！真快乐啊！为亲生父亲的妖术牺牲的孩子，他活下来了！他在这世上越活越有精神了！"

他们鼓噪：活下去！活下去呀！

没有灵能感应的人，是听不到他们的吵闹声的。

犬王出生自比叡座家系，隶属近江猿乐一派。他本是作为一座之掌门而生的，但是与哥哥们不同，他没有被授予任何艺能，也未获任何习艺的指导。家人根本不看管他，还把他赶到屋外。到了三四岁的年纪，犬王仍旧被迫把全身裹得严严实实的。夏天对他来说真是难熬，梅雨季节也一样，秋老虎来时更甚。犬王真想打个赤脚，他也实在不想穿足袋了——真想把下半身露出来，从下半身到脚底，不，就算大腿不行，至少把膝盖以下露出来——他打心眼里期盼着。一边发出"呜呜呜呜"的呜咽声，一边恳切地盼望着。

群灵也"呜呜呜呜"地呜咽着回应他。

他们一边呜咽，一边劝告着犬王。

可那劝告的声音，只不过是无法被听到的喧嚣声。

一心想要打赤脚的犬王，某天窥看到了练艺场。因为他不被允许进入屋内，于是便透过缝隙偷瞧。他的哥哥们正在练习着优美的舞姿，啊啊，那一双双脚！犬王虽找不到什么合适的词汇，但他只觉得一切都是那么恰到好处。在练艺场上，有笛音，有太鼓。他的兄长们和着笛和鼓的节奏踏动双足。

踏足、踏足，不断地踏足。

犬王模仿着。

他躲在练艺场的外面，踏足、踏足，不断地踏足。

这时，群灵爆发出欢呼。

他们大声欢呼！

"没错！没错！你要把未能得到的那些，亲手夺回来！"

群灵喧嚣，群灵喧嚣。

"为了比叡座的成功，他们彻底剥夺了你成为比叡座大夫的资格。可是你啊，被牺牲，污秽不堪的你啊，失去了各式各样的美而降生的你啊，去夺回来！夺回来！亲手夺回来！比如优雅美丽，比如，比叡座的种种技艺。如此一来——你就能靠自己去逆转咒术，这条路正是一条反逆之路。接下来，最终你再将我们被夺走的平家的故事——一字不落地彻底夺回来。这样做，那咒术便会失效，便会崩坏了。"

怨灵们如是说道，如是欢呼道。

犬王模仿着。

群灵声援着。

兄长们的运足十分优雅，作为幺弟的犬王则将这优雅气质偷学到手。

足，足，赤裸的足，他好似唱歌一般念着，偷学着。终于，他将运足的方法彻底窃为己有。他学会了无懈可击的行走技艺，他运足如同滑行，又轻盈宛如飞鸟。时年三四岁的犬王运足的刹那，他膝下那被丑陋所捆缚的数位琵琶法师的怨灵，便大喊道："这已然脱离丑陋了！"他们高声宣布着，他们满心喜悦，逐渐踏上成佛的道路。于是，犬王膝盖以下那些不洁的部分，就被他们一道从现世带走了。

那不洁转瞬被抹净。

于是，犬王从那天起便知道，自己的双脚发生变化了，膝盖以下的肉体改变了形态。他的双脚已经变成了一双普通人的脚，就算脱掉足袋袒露出来，也毫无妨碍。他的双足重生了，也就是说，丑陋消失了。犬王既惊又喜，要说惊讶，那自然是很惊讶的，却又没有那么惊讶。毕竟他只有三四岁，对于这世上容易发生什么，又有什么罕少发生，还尚未产生判断的标准。而且，他本来也始终有一种直觉，认为"这样做——走上这条路，就会发生好事"。双足的改变不过是证实了他的这种直觉，所以他并没有因为这种改变而惊慌失措。之后，犬王到了四五岁，仍在继续练习。这是偷偷从练艺场的兄长们身上窃取技艺的修行，他从中盗得了猿乐的各种基础技巧，他领会到了比叡座的传统（基本），掌握了应用于舞台之上的，举手投足间的美。

躯体之美。

四五岁大的犬王，获得了正常的双膝。

那双膝彻底拭清了丑陋。

重获了双膝的犬王飞奔起来，爽快地、爽快地飞奔了起来。可以奔跑后，犬王便开始远离设有练艺场的自家周边，愉快地直直跑向荒废京城的西边。他如今不再戴着那副没表情的假面了。取而代之的，是一只葫芦。他在眼睛的位置挖了两个孔,将葫芦扣在了脸上。他奔跑着,一边嬉戏一边大笑。

"哇哇哇哇!啊哈哈哈!"他放声大叫着。

群灵也随着他哄笑起来:

"啊哈哈哈!啊哈哈哈哈!"

之后,他长到五六岁。某天,在围观火灾时,他的双眼透过葫芦的两个孔,终于发现了这一群幽灵。哦哦!原来幽灵附上了我的全身!幽灵们聚集在一起,密密麻麻地缠在我身上!于是,犬王通过自己的双眼,确认了常人的双眼无法看到的东西。接下来,他发出呼叫,便能得到回应,他的双耳捕捉到了常人无法听到的声音。

"你终于发现我们了呀!"群灵喝彩道。

他们热烈地欢呼着。

此后,犬王便和群灵联起手来,一道设计策略。他们要抓住关键,将犬王父亲所施的妖术破解掉。为了达到这个目的,群灵私语道:"拿我们的知识做武器吧！活用它们吧！"生前同属一座的琵琶法师的灵魂如是说。除此之外，他们还："我们之中的某某和某某，还有某某以及某某，他们都曾经潜进过平家谷。他们还曾受那落难末裔之托，收下了一些被遗忘的逸闻，那是一些被世间忘却的故事，还有一些只剩残章断篇的奇谈，那是一些未被书籍收录，已遭抹除的故事，这些故事全都是关于平家的，是围绕着平氏一门兴衰的故事，也是遭灭门之灾的平氏的故事，他们托付给我们的就是这些故事。我们这些盲眼人——这些乘着轿子，或是被山伏们背在身上的琵琶法师，他们用声音——仅仅用声音讲述，我们也仅靠声音、靠语言记下了他们托付的故事。来吧！接下来，你就去发挥它们的效用吧！活用它们吧！"

还有一次，群灵如是说：

"夺回来！夺回来！夺回来！索性就把那极致的美收入囊中吧！虽然要花些时间，但你应该去做。走上这条路，哦哦！打败你父亲吧！"

二十五

平氏之章

当然,一个五六岁的孩子长到八九岁,再到他不断创作出猿乐的新作品,风靡世间,至少还需要十年。因为书写谣曲是需要有作词能力的,这方面的能力必须接受锻炼才行。要学会运用语言,也得一口气花上个十年。在这十年间——其实是在进入这十年之前——犬王交到了朋友,而且是(并非怨灵)一个活人朋友。一位因为眼盲,所以和犬王成了亲昵好友的琵琶法师。一开始,这位朋友名叫友鱼,又过了一段时间,他改名为友一。最初,犬王因为朋友看不到自己身上的污秽（魔物的所作所为如果不能眼见为实，也就没有什么说服力了），所以并没有把恶灵呀、妖术呀等真相告诉对方。不过，在"友一的乞求"之下，他讲了平家的秘闻，讲了很多很多关于平家的故事。友一会将这些故事用琵琶——用一种琵琶弹唱的艺能表现出来。犬王也很高兴看到友一在街头巷尾演奏，在整个京城传播开这些逸事。不过他再三叮嘱友一"千万不要说一些别人不知道的故事"。他究竟计划着怎样的策略，暂时还不能让父亲察觉。所以，他讲给友一的平家故事也是有一定限制的。到此为止，属于策略的第一阶段。然后是下一个阶段——首先，犬王抓住了参与比叡座演出的机会。因为二哥突然生病，幸运降临到了犬王身上。他已有十足的技艺傍身，所以他终于站到了舞台之上——夺回了角色。而与此同时，友一的下一个阶段——也是最初一阶段的展开——也有了后续。友一作为一名琵琶法师，在京城闯出了不小的名堂。人们纷纷说："提到新来的琵琶演奏者，那肯定就是坛之浦友一了。"

没错，如今，十年如白驹过隙，转瞬即逝。

于是，十年后，犬王劝说友一道："你就把我写成一曲琵琶吧。把我的故事，我的生命历程，写成琵琶曲吧。"犬王将群灵和妖术的真相都同友一坦白了。他的话很有说服力，而且，他和友一之间的友情十分深厚。友一询问父亲的亡灵："父亲，是否有怨灵能因犬王而成佛？或已经成佛？"父亲回答他："有。"从这一步开始，策略就从第一阶段迈向了下一阶段。

他们迎来了飞跃性的进展。

这进展需要犬王的新作加入，需要很多新作，也就是说，这策略只与"作者犬王"标签下的一系列新作有关。

只与它们有关。

接下来就罗列一下这些剧作的名称吧，比如《重盛》，比如《腕冢》，以及在后世以《千尾》这个别名为人所知的作品——《鲸》。这些猿乐曲目，正是以如上所列举的顺序，被犬王一一创作，诞生出来的。我们先从《重盛》开始解说。

平重盛[1]是平清盛的嫡子，人称小松殿。官居内大臣，他可以说是平氏一门在全盛时期的关键人物。倘若在街头巷尾搜寻其间流传的平家故事，就会发现，他是那个不论参加富士川合战还是北国远征，都身扛大将军之职且连连惨败，最后于那智投海而亡的平维盛的父亲。他也是惨遭杀害的平氏嫡系的最后一个孩子——六代御前的祖父，也就是说，重盛是贯穿《平家物语》的全部情节之中第二重要的角色。可是，犬王笔下的《重盛》，却没有将重点放在歌颂他是位多么伟大的武将上，也没有在描写他作为平家栋梁的方面费多少笔墨。实际上，重盛可是个能够对专断独裁的清盛——也就是自己的父亲直言劝谏的英雄

---

[1] 平重盛（1138~1179年）：平安末期的武将，平清盛的长子。通称小松内府、小松殿。在保元、平治之乱中有功，升至从二位、内大臣。性情温厚，在平家一门全盛期病逝。

人物。然而犬王所作的《重盛》，却不是以平重盛为主角的。主角是谁呢？是平家几代的仆人——平贞能，那位驻守肥后[1]的武士。那么，犬王所写《重盛》的时代背景是当下还是过去呢？

是过去。

是寿永二年（1183年）的那个七月。

也就是平家被赶出都城的那一年，当月下旬的某个晚上。贞能独自一人，不，实际上他是和手下的兵将三十余人，一道留守京城。

"大幕正从被烧为灰烬的西八条废墟拉开，此刻已是黎明将至。"

贞能如此吟唱道。

所谓大幕，便是野外军营之幕，临时大本营之幕。

"我等待着平家诸公，等待着夺回都城的时刻到来，等待着，等待着。"

1　肥后：旧国名之一，相当于今天的熊本县全境。

贞能吟唱道。

"然而，谁也没有回来。都城失守，彻底沦陷。他们溃逃着，向着西边，向着旧都福原，甚至更西、更西边，溃逃而去。"

"真恐惧啊，真不安啊。"

贞能吟唱道。

"可是，比起我。"贞能继续着他的话，"墓中的小松殿应该更为恐惧吧——小松殿，哦哦，如此下去，死去的重盛公的坟墓就将被源氏的铁蹄所践踏。"想到这里，他决定亲自前往重盛坟墓的所在地，墓要由平氏一方去掘开。

将墓掘开。

将猝然长逝的平重盛的尸骨，掘出来。

这一出戏的前半部分，便是贞能与尸骨的对话。

而到了戏的后半部分，贞能将重盛的遗骸背在肩头，发誓终有一天自己会亲手供奉他。为此，他现在就要去云游四方。故事从他表达了自己的这一心愿开始，突然进入转折。

"供奉遗骸，供奉遗骸。"他吟唱道。

"是为殿下，是为殿下。"他继续吟唱。

"离开都城，离开都城。虽是如此，西国[1]未陷。"

随后，贞能再次重申了对小松殿（重盛）的敬畏之情：

"不论往昔如何勇猛之武士，只要殿下一张口，他们全都会又惊又恐，人人都会吓得舌头打战。"

他正这样说着，身上却起了变化。

有什么人附身了贞能，突然使他跳起舞来。

有什么人操控了贞能，令他翩翩起舞。

这个人，就是重盛。贞能在起舞之时说了一句："贞能呀，忠义之士！你真是侍奉我的忠义之士呀！"观众便知是重盛附身了，是重盛在呼唤贞能。

这舞蹈乃一段狂乱之舞，而该剧的意趣也正包含

---

1 西国：关西地区以西的诸国。特指九州地区。

在这狂乱之舞中。同时，这出戏在结构（故事展开）方面的新颖程度，也十分令人瞩目。仕手方没有演绎重盛，而是演绎了被重盛所附身的贞能。到了全剧结尾处，又依次出现贞能宣告出家，并预言此后自己将被人称为是"肥后的入道[1]"等情节。将过去与当今——寿永二年与贞治[2]年间联系了起来。贞治是北朝的年号，倘若按南朝年号来算的话，便是正平[3]年间（的当代）。

此外，这番预言之中还包含了各种平家逸闻。比如贞能去了何地，又奔赴哪里躲藏，并在那儿建"小松寺"为据点等，而且提到贞能先是出京城后行至东国[4]，又曾向宇都宫氏求助。讲到这里，又插入了两三则逸闻，还谈及了平氏一族之人和宇都宫氏的交流。

如此种种，惹人关注、引人倾听的段落数不胜数。

1　入道：进佛道修行，亦指出家、落发而皈依佛道的人。
2　贞治：北朝的后光严天皇时代的年号（1362~1368年）。
3　正平：南朝的后村上天皇、长庆天皇时代的年号（1346~1370年）。
4　东国：关东地区。古代指不包括北陆地区在内的近畿以东的诸国。后指箱根、足柄、碓冰以东的各地。

因此,《重盛》在演出后备受好评。不过最吸引观众的地方——也是瞬间呈现在舞台之上,令观众在措手不及之间深受感染之处,便是主人公贞能被往昔的主人重盛附身并起舞之前的那句台词,以及伴随那句台词的动作,抑可称作行动构思。

当时,贞能——扮演贞能的犬王吟唱道:"不论往昔如何勇猛之武士,只要殿下一张口,他们全都会又惊又恐。人人都会吓得舌头打战。"

话音一落,他便进入到狂乱(并且充斥着压倒性的魅惑感)的舞蹈表演中。就在二者相转换的瞬间——观众窥见了一些无法判别实体、令人惊奇万分的怪异东西,一刻不停地打着战,散发着危险不安的气息、令人毛骨悚然的东西。人们是从仕手方的装束中瞥见这东西的,人们发现,它似乎是仕手方身体的一部分。

正因如此,本作的演出大获成功。

很快便再演了。

二十六

美之章

美,也是分阶段的。

犬王与友一邂逅并变得亲密,是在友一的名字还是友鱼的时候,是犬王还没有告诉对方群灵和妖术等真相的阶段。那之后过去了十年,他们的人生进入了下一个阶段。随后,又进入了再下一个阶段——当下。同样,犬王为了抹除掉他的丑陋,也经历了数个阶段。

而且每个不同的阶段,都要依其"策略"行事。

比如犬王的双耳,需要按照计划,早早地转变成普通人的耳朵。如果不能如此，那就有可能戴不住能面[1]。虽然戴上假发或许能解决这个问题，但是也有一些角色是不戴假发的（当然也写了些主人公不戴假发的剧本），在这种情况下，一对形状怪异的耳朵就可能会引发一些不必要的关注。这样可没法站上舞台，说不定会把观众吓得瘫软在地，四散而逃。

所以，必须解决耳朵的问题。

解决这个问题，只要送被耳朵的丑陋束缚的群灵成佛即可。聚集在那双耳朵左右两边的某人或某人（琵琶法师的怨灵们）拥有的平家故事，是如何被犬王的父亲夺走的？他们是故事被夺去后遭杀害，还是遭杀害后再被抢走了故事的？同时，那故事又是如何为"猿乐能"提供素材的？犬王知道这些细节后，便

---

[1] 能面：指能中所使用的面具。具体有翁面、老人面、鬼神面、女面、男面、灵面、特殊面等几大类型。（编者注）

一边偷看偷学这故事所对应的舞与谣,一边努力练习。他将那技艺牢牢地掌握住了,修炼好了。于是,在知晓他已"修炼"成熟的刹那,他的耳朵——左右两边——都因喜悦而颤抖起来。他的双耳嗡嗡嘤嘤地抖动着,呼啦呼啦地鸣响着。

没错,喜悦。

"哦哦!犬王呀!你从你父亲那里夺回来了!你为了我们——将本属于我们的平家故事,夺回来了!"

群灵喜悦极了。

随后,他们便踏上了成佛之路。

犬王的不洁被抹去。

他的耳朵,他的双耳的——不洁、丑陋,都被抹除干净了。

就这样,犬王一边思考变化的顺序,一边逐次地将美攫取到手。一点,又一点,当《重盛》被第一次搬上舞台、收获绝顶的赞美时,或许可以说是一种赏赐吧——当晚群灵热切地骚动着,犬王的两条腿一夜之间便获得了净化。

"哦哦！我竟然——"犬王笑了，"我竟然受了重盛公的赏赐，获得了两条正常的大腿。太感激了，太高兴了。"

因这些赏赐，犬王的变化也在加速推进。

虽是如此，他身上仍旧存在着大量污秽。于是，犬王巧妙地利用了人体的美与丑，再次书写了新作。他又诞生了新作，前有《重盛》，后有《腕冢》。不过，在《腕冢》里，他故意没有将那种危险不安的气息表现出来，不让观众窥探到那种气息。在《腕冢》之中，他是用其他形式去吸引观众，令其沉醉的。

《腕冢》这部戏的主题是一之谷合战。这场发生于寿永三年二月的合战，使源氏和平氏双方伤亡惨重，光是被源氏一方的兵士割下的头颅就有两千余颗之多。当然还有更多人被射死，被砍死，被推下山崖而死，被投入海中而死。船楼前战马的尸骸堆积如山。不过，虽然死者众多，但也有只差一步就要去见阎王，却侥幸留了小命一条的伤者——不论重伤轻伤——人数或许也还更多些。失去了身体一侧手臂的人，就属于这种情况。

说到在一之谷合战时断了一侧手臂的人，就是武将平忠度了。

人们都知他镇守萨摩[1]，在一之谷合战中，这位武将的右臂从肘关节以下被整个砍断。

随后，他便遭斩首。从这一角度来看，他不是个仅仅失掉了手臂的人物。但是在犬王的《腕冢》中，忠度的存在却改变了故事，或者说，他在不得已间改变了故事的发展。据说，忠度临终之时——就在死前不久，还被上百兵将保护着。然而，一见敌人出现，这些护卫竟率先落荒而逃。那情景何等残忍，何等无情。

可是，事实真的是如此吗？

---

[1] 萨摩：日本旧国名之一，在今鹿儿岛县西部。

"不!"如此控诉者,正出现在《腕冢》之中,他高呼:"不是的!"

此人并未在故事一开始时登场。开场时出现在舞台上的是三位僧人,一位云游的僧人和跟随他的两名小僧。故事的背景——若要问是发生在现在还是过去的话——是现在。他们正访至须磨的海边,发现在一株柿树前,堆着一座小小的坟茔。就在此时,当地的一位老妇出现在他们面前。老妇自称是守墓人。

"这里是哪里,这墓又是何人之墓?"僧人问道。

"请看看这柿树吧。"老妇回答。

"现在尚是春天,树上未有果实。因为尚是春天,此树唯有花朵。"僧人道。

"尚是春天,唯有花朵,唯有花朵绽放。"随从二僧吟唱道。

"然而,到了秋天,它就会结出果实。哦哦,就会结出某种果实了。"老妇吟唱道。

"究竟会结出何种果实？"僧人询问。

"究竟会结出什么，结出什么果实？"随从二僧吟唱道。

"虽结于柿树之上，却又并非寻常的柿子。它们是长长的、长长的，哦哦！又细又长的果实。那一树柿子简直就像人的一条条手臂。"老妇吟唱。

"这是为何？"云游僧问道。

"因为，此墓名为腕冢。"老妇回答。

"腕冢？何为腕冢？"云游僧人问。

"关于这个问题，"老妇道，"请别人来回答吧。"

随即，老妇消失在柿树（与坟茔）的阴影之中。三位僧人转瞬间睡去了。

在梦中，老妇再次出现。这一次是从柿树（与坟茔）的里侧走出来的，而且戴着并非老妇的面具，身披甲胄。

"哦哦，哦哦，哦哦——人人都说，镇守萨摩的忠度大人身边的护卫纷纷落荒而逃了。他们何出此言！一之谷合战之中，吾主忠度殿下遭追杀之时，我也紧随其后。岂有此理！怎能有如此荒唐的责难！为何我要经受如此唾骂！哦哦，如今一切早已成过去，早已成过去……"

此人低声呜咽着。

"吾主忠度殿下于一之谷之西败阵而退，我去支援了他。我同东国的……猪俣党的两名武者厮杀，为殿下退逃开辟了道路。"

他继续低吟道。

"此后，我便赶了过去，立即赶了过去。然而，殿下就是在这时候，又被那猪俣党的冈部六野太忠纯这等小人物阻击、追打。没错！就在这时，吾主的护卫纷纷溃逃。哦哦！落荒而逃！高达百骑！！哦哦，哦哦！倘若我当时在场，倘若我当时在场！"

"萨摩守忠度的手臂、他的右臂被斩断。"

此人吟唱。

"右臂被斩，随后，是头颅，吾主的头颅也被斩断了。"

"敌人将他箭筒里边的文袋打开,偷看到里面写有一首短歌。那歌是如此写的。"

说到这里,此人便诵道:

归途日迟迟,夜宿樱树下,花乃东道主。

"读到这首歌,敌人这才知道此人就是萨摩守平忠度。首级被夺走了,躯体也被人抢走。浑身的衣物,也被剥去。真是可恶至极!那么,手臂去了哪里?殿下的手臂,殿下的手臂,右臂,究竟去了哪里!"

吟唱至此,云游的三位僧人从梦境之中醒了过来。

"找不到手臂了吗?"僧人吟唱道。

"在寻找手臂吗?"随行二僧吟唱道。

"你可是那老妇?"僧人询问道。

"你是白日里的那守墓人吗?是那个提到腕冢之

名的老妇人吗？"随行二僧问道。

"非也！非也！非也！"身穿甲胄的老妇——如今已非老妇——如是说。他又以这声声狂喊为契，开始舞蹈。舞步快速而激烈，并且美妙绝伦——美！从此处起，众僧开始伴随着舞与谣，讲述起一之谷合战的结局——平家军败走之时的光景。

"败北的军兵纷纷逃往海上。"

他们唱道。

"一之谷前方延展开的那片大海上，停泊着几艘为败退兵将准备的船只。"

他们唱道。

"那些身穿铠甲的军兵却争先恐后地奔向船舶，人人都想先登一步。于是一艘船便挤上了四五百人，不，岂止如此，甚至要有一千人了。人们互相推搡着，聚集在一起，都要乘上这船逃离。"

他们唱道。

因此，大船便沉没了——

三艘大船沉没了——

于是又有命令曰：唯有身份高贵者才可乘坐，其他人不可上船。

此令一经下达，所有身份卑微的武者，只要想乘船，便会被斩首——便被斩了首。

即便如此，杂兵仍紧紧抓住大船不放——

紧抱着不放手——

于是，手臂便被砍下了。众僧讲道。

所有人的手肘，都被砍下了。众僧说。

一之谷的海岸边，到处是瞬间被砍掉的手臂、手臂、手臂。众僧吟唱道。随后，平忠度的仆从，如今附身于老妇身上的武士——源平时代的武士的亡灵——开始翩翩起舞。

于是人们便知晓：

这武士迟早会捡拾这些手臂。

他捡起散乱在海岸上不计其数的手臂，凭吊它们，又将它们埋入坟中。

他未能找到自己主人的手臂，取而代之的，是数百数千个卑微如草芥的武者们的手臂。

今后，这片坟茔之上，将长出一棵柿树。

有人留在这里，将故事传承了下去。筑好腕冢之后，战败武士的后裔留了下来。

在这一出剧的最终部分，众僧宣告："我们会为这些手臂，为你，诵经祈福的。"并且约定之后要为此腕冢建造一座石塔。听到这些，一直在舞蹈的武士——也就是仕手方的手臂，产生了反应。

是他的右臂。

他右臂的长度，突然变得有些奇特。

虽说奇特，但那双手从手腕往上，是包裹在类似武器的木匣之中的。外人看不到有何非同寻常之处。他的手心、手背，也都美丽极了。

犬王右臂的前端——那手指也是一样美丽。

美。

美，是分阶段的。

这一演出究竟有何深意？没有任何一个观众能够给出正确的评价，但是这出戏却大获好评。任何人都为那丝毫不曾展露在外的东西所倾倒。人们感觉得到，那木匣的内侧确实有诅咒。

——这是人通过直觉体察到的事实。

二十七

鱼类之章

这一章，我们讲讲《鲸》。它是犬王创作的新曲之中，唯一从一开始就"绝不可能"再演的作品。这仅一次，仅限一日的舞台结束后便被比叡座永久封存。然而，这出作品在十年、二十年后，仍极负盛名。因为自那之后，其他座——近江猿乐二座，大和猿乐一座，总计三座，都曾参考并搬演此剧。可是，他们却无法盗走其中的全部辞章。犬王的语言在这部《鲸》之中，达到了极高的水准。只看一次，只听一遍，无论如何都无法全部记住。在奇妙而大胆的改编下，从此情节之中诞生的诸曲人称《千尾》,也就是说,《鲸》还有另一个名字。那么,在平家的故事之中,这个"千尾"讲的究竟是什么呢?如果"尾"指的是鱼的话,真的有那么多尾游鱼,出现在了故事之中吗?

真的有。

这"鱼"指的是海豚。不过据不同的地域和时代,它也被称作"鲸"。其实,海豚和鲸是同源的,二者的不同仅在个头大小上。

所以,《鲸》——别名《千尾》,描写的是海豚的故事。

在平家的故事之中,哪一场面会有海豚出现呢?

一千尾,甚至两千尾的海豚登场——那是在坛之浦合战之中天降奇瑞的一幕。它是神降的旨意,昭告源氏一改颓势,将要获胜。与此同时,也预兆着平氏即将败北。一两千尾的海豚,就这样出现在海面之上。而平氏一门的统帅——平宗盛,目睹了大量海豚出没。

时为元历二年(1185年)。

三月。

四年前，平清盛辞世。再两年前，清盛的嫡子，平重盛离世。宗盛是重盛同父异母的弟弟，也是二位尼的第一个儿子。因此，平家的顶梁柱便成了平宗盛。

这位平宗盛大人目睹了大量海豚聚集的异状，于是便去问卜。

结论有两个。

如果这一两千尾的海豚向着它们来时的方向返航，源氏就会灭亡。

可，倘若并非如此——

倘若海豚没有返航——

那么灭亡的将是平氏。

而这一两千尾的海豚，头也不回地从宗盛所率的船队下游过。它们浮上海面，在一呼一吸之间，将宗盛的船队抛在了身后。

而犬王的《鲸》探求的则是：那之后海豚们究竟径直游去了哪儿？剧中讲道：只要它是海中生物，

总有一天它会归来。心怀如此信念的平家末裔出场了，他是被剿灭的武将后裔，不，那位著名的武将——飞骅的四郎兵卫并未在坛之浦合战之中身亡，而是落败而逃。剧中的平家末裔，是四郎兵卫麾下武者的后裔。

"我在这里，等待着鲸群归来。"他说。

"我在这里，等待着那千尾的鲸归来。"他吟唱道。

"那些向着远处游走的鲸，那些向着尽头游去的鲸呀……"他吟唱道。

"它们归来了，回到我的眼前。它们浮出水面换气，它们终于对我说'我们回来了！回来了！哦哦，归来已是百年，甚至比百年还要久啊'。"

这出戏的时代背景，就处于过去与现在之间。仕手方既是现实之中的人，又要扮演已经死去的武者之灵。犬王有意营造出一种模糊且朦胧的氛围，还在剧中加入了美丽的尼僧角色。此外，还谈及海中能够听到歌声的奇闻。在这些插话里，犬王写下华丽的辞章,由地谣[1]合唱。那辞章大多运用了极为神圣的辞藻——以上种种呈现至最终,龙神显灵了。而且,是降临到仕手方身上显灵的。显灵后,他便开始舞蹈。

"我会为您祭祀祈福的。"尼僧道。

"请您现在就显灵证明您确实是龙神,好让我为您祈福吧。"尼僧祈祷。

现在,就在此。听到这样的请求,仕手方缓缓解开装束,露出了左肩。从左肩到手腕之间,似乎生长着什么东西。怎么看那都像是鱼类游泳时会用到的、类似鱼鳍一类的、极为丑陋的东西,它显露了出来。然而,它显露在众人眼前的瞬间,突然变得崇高无比。作为神圣的证明,它展现的方式是如此充满神性!没有一个观众发出惨叫,没有人吓得瘫软在地、四散而

---

[1] 地谣:伴唱人。能或狂言中,主、配角等上场演员以外的演员齐唱的歌谣。

逃，所有人都看得深深地着了迷。很快，这戏便隐藏了起来。

这出戏自此再未上演。

二十八

赏赐之章

赏赐仍在继续。《腕冢》上演后,犬王获得了一条干净漂亮的右臂。原本的丑陋被彻底抹净,那条手臂从头到尾都变成了极为寻常的臂膀。

"哦哦!哦哦!我呀——"犬王笑道,"我从忠度大人那里获得了一条手臂。"他高兴极了。

"这可是那位既是萨摩守,也是歌人的忠度大人奖赏给我的,感激不尽、感激不尽呀!"

演出《鲸》之后,又是怎样的情况呢?演出结束后不消片刻,附在犬王身上的群灵便欢欣雀跃,大呼着："此刻束缚着我们的丑陋，正闪耀着高贵神圣的光辉。多么耀眼！哦哦！多么夺目！"他们因愉悦而抖动震颤，其中很多个灵魂都成了佛。而且，这一次表演也有赏赐。犬王说："哦！我那长不成胸鳍的臂鳍，也消失了啊。"

两个月后的另一舞台上，犬王在另一出剧目中同样露出了左肩，进行表演。然而，他的左肩上再无污秽与残缺，那里唯有美。

他的全身都在逐渐净化。

于是，那登峰造极的美，近了。

二十九

陷阱之章

"于是,那登峰造极的美,近了。"坛之浦友一如是说。

那位坛之浦大人,如此唱道。

这就是《犬王卷》,以上的故事,是由怀抱琵琶的友一弹唱出来的。他跳脱出犬王与自己的关系,将犬王的故事讲给了听众们。他告诉听众们,犬王创作了怎样的新曲,还告诉了他们新曲的内容为何。他讲了《重盛》,又弹唱了《腕冢》,最后轮到了《鲸》。实际上,京城之内的听众,对他讲的这些曲目尚且记忆犹新。

"——哦哦!"听众想。

"——接近了,接近了!"听众想。

"——快讲到现在了!"他们交头接耳。

也正因如此,几出戏的反响都极为热烈。听众们追问着——接下来会怎样?接下来发生了什么?事实上,《犬王卷》的故事仍在继续,在飞速地发展。而坛之浦大人——坛之浦友一在讲述以上的几篇新作后,添上了这样一句话:

"最后一个阶段,就在眼前了。"

整个过程的最后一段。

犬王一生的最后一段,也是美的最后一段。

随后,友一又讲道:

"接下来是这样的。首先,是他的父亲。哦哦,什么样的人都有双亲。拥有子宫的当然是母亲,加之以精子的则是父亲。他的父亲!他的父亲,是一个为了登峰造极,不惜牺牲自己亲骨肉的父亲!这父亲呀，哦哦，他在当下的艺能之道中，果不其然攀上了顶峰。他是比叡座的掌门，也带领比叡座从猿乐众座之中脱颖而出，他乃美之道的王者！然而，为何、为何、为何他露出了穷途末路般的表情？他面色铁青，正在和谁交谈。他究竟在和谁说话呢？"

他交谈的对象，竟然不是人类——

非人的存在，正回应着他——

"你究竟在说些什么？"

对方问。

"正如我说的那样。"

犬王的父亲气喘吁吁地说。

"所以，事到如今你竟问我，能否缢死被你献作牺牲的儿子？能否埋葬被你献作牺牲的儿子？你究竟想要什么？"

"我感到恐惧。"

"是什么让你恐惧？"对方问。

"那东西在逼近我，好可怕。"

"那东西,你指的是什么?"对方问。

"当然是我儿子,犬王。"

"犬——王——"那魔物的声音回荡着。

"喂!我问你!我这比叡座大夫,才是美得登峰造极的那一个,不是吗?"

"你不相信自己登峰造极了吗?"对方反问。

"我信,我信。可是,我才是美得登峰造极的那一个,不是吗?"

"你不相信自己已经登峰造极了吗?"对方仍反问。

"我信,我当然信!可是,这究竟是怎么回事?犬王他,正逐渐逼近我。那个怪物的新作品,如今在坊间的人气特别……"

"怪——物——"那魔物的声音轰然作响。

"我这一生,难道不能再多得一些荣华富贵吗?"

"你难道、不是、身在、荣、华、富、贵、之中吗?"对方的声音断断续续,若有若无地反问着。

"没错！"犬王的父亲大声嚷道，"我的确享受着荣华富贵！但是，再这么下去，我很快就要失去这些了！属于我的比叡座，会被犬王夺去！会被他抢走！"

咕噜咕噜，某种仿佛气泡滚动的轰鸣声响起。

咕噜咕噜，咕噜咕噜。

随后。

"那么，你……"

那声音继续道。

"我怎样？"

犬王的父亲追问。

"你究竟想要什么呢？"那魔物的声音询问他。

"我要葬送他，立即葬送他！"

"他？是指谁？"

"犬王。"

"就是那个诞生前的无瑕之美全部被你奉献出去的孩子——犬王吗？"

"没错。"

"你想葬送他呀?你想让你的儿子犬王从这世上消失?"

"没错,没错!"犬王的父亲狂叫。

"也就是说,你要违抗与我所立下的约定。"

"什么?你、你说什么?"犬王的父亲声音颤抖着问,"我,我可以为了这道追加的咒术,牺牲更多人。不光是那些唱诵平家故事的琵琶法师,我还能杀更多!更多!我会为你献上更多生命!"

他试图与魔物交易。

"可是啊,你呢,"魔物的声音冷静地回答道,"你已经打破了最初的约定,你毁约了。"

"这……你说得虽然没错……"

"那么你就去死吧。"

第二天,犬王父亲的尸骸被人发现,尸身极为惨烈。他的死既凄惨又充满谜团,明显是横死。可是,那饱受损害的遗体,却又胡乱地连接在一起。而目睹

他死状的所有人,都会发出如下这番感慨:

哦哦,这实在是太肮脏、太污秽了。

三十

名之章

友一将事情的经过讲了出来,他弹着琵琶,唱诵着。他的表演在京城百姓之间收获了极高的评价和广泛的美誉。也就是说,犬王的故事(虽然已是反复提及),就是友一的故事。

那么,友一又如何了呢?他身上又发生了什么呢?

在《犬王卷》之中,其实并未提及友一本人。盲眼的友一——原本名叫友鱼——出现在犬王面前,二人成为莫逆之交,携手度过一个个阶段,这一部分其实被省略掉了。从第一步,到下一步,到再下一步……统统省略了。不过,到此为止,便无法再省略了。因为,这部分是友一的故事。不,准确来讲,这也是友鱼的故事,并且接下来,它还是第三个名字的故事。

友一又改名了。

这一次他变成了坛之浦友有。

不过,坊间仍敬称他为坛之浦大人,这一点并没有变化。然而,他的名字却从友一改成了友有。换句话说,是将"一"抹除掉了。这是为什么呢?究竟出于什么原因,才会将名字最后的"一"字废弃掉了呢?

因为,他离开了当道座。

说得准确些,是当道座将他驱逐出门了。

是觉一检校统率的琵琶法师一座,将他赶走的。

这位觉一究竟做了什么?

他准备将琵琶法师所属的各座、各流派统一起来,为此,他总结出了一套平家故事的正统版本。

言外之意,他的版本才是准确的。

换句话说，就是只有他新编纂的《平家物语》，才是准确的。

至于那些未被收录在正统版本之中的小插曲，或是和这一正统版本的内容架构不同的其他版本，他的态度是：遗忘掉就可以，遗忘掉就对了。

遗忘掉这些"异类"，才有当道座。它拿"遗忘"当作成立的根本，拿"抹除"当作成立的基础。

还有传言说，觉一检校是足利尊氏的表兄弟。当道座是将军家管理的，总归要称霸众座。只要是琵琶法师——只要踏上了演奏《平家物语》这条路——就必须加入当道座。

将友一的故事一口气跳过十年，仍旧未到当道座完成正统版本的时间。在这之前，我们曾经尝试跳过一段时间，却还差了四五年的空当。一口气跳过去十年，却还有四五年不足。不过如今，这四五年也过去了。在这段时间里，友一创作出了琵琶新剧，其名曰《犬王卷》。而犬王，也创作了新剧，他写下诸多猿乐能的新剧目,比如《重盛》《腕冢》《鲸》,等等。

所以,这段岁月便如此流逝。

这四五年,便如此成为过往。

这四五年过去,友一改了新名,成为友有。

接下来,我们要讲的故事,便成了友有的故事。

不过在此之前,还有一个阶段,必须迈过去,那正是一切进展的最后一级台阶。而且是要由犬王先去迈过,再由友一迈过的一级台阶。

登峰造极之美,犬王的登峰造极之美。

来了。

三十一

直面之章

"他的父亲死了。"

友一道。但是因为已经改了名字,所以其实应该称他为友有了。

——他的父亲死了。那位父亲凄惨地死去了。哦哦,于是乎,比叡座便失去了掌门。不,眼下是由兄长挑起了掌门之任,他率领比叡座开始规划接下来的演出。然而,大夫又是谁呢?那个全座之中名列第一的优秀演员,整个比叡座的明星,应该是谁呢?大夫!当然,身为掌门的犬王长兄认为"大夫当然是我了,一座之掌门才能是大夫啊"。可是二哥却主张"其实应该由做大夫的人接下掌门之重任,所以大夫并不一定是当前的掌门"。其他的兄弟也"嗯嗯"地回应或沉吟。幺弟犬王则按兵不动,等待时机到来。

因为他知道,要决定谁是大夫,凭的是技艺的优劣。

他看得出来,要决定谁是大夫,凭的是世人的评价。

而在此时,坊间对犬王的好评,早已凌驾众兄长之上了。

但是,总归需要一决胜败。胜与败,需在演出中角逐,在演出中收获人气。新任掌门——犬王的长兄如此思考着。于是他计划在一天之内上演数出曲目,并让兄弟们分别任仕手方,连续演出猿乐能。这一举动令世间大为震撼,抓住了大家热议的焦点。人们蜂拥而来观赏演出的那幅情景,真是前所未有!从这一点上来看,还是要认可及赞赏犬王长兄的,他其实很有经营演出的才华。然而,身为演员,他是否能够技高一筹呢?作为谣曲的、新的猿乐能的创作者,他又表现得如何呢?

他可没有这方面的才华呀。

没有,没有,他只能演些父亲创作的旧曲。

其他的兄长又如何呢?

果不其然,其他的兄长也只能演演旧曲。也就是说,他们都没有、没有才华!

犬王则准备好了新作。

那是他最新创作的曲目,曲名叫《龙中将》。从"龙"这个字中,想必大家已察觉,它指的就是《鲸》那出戏之中的龙神。因为《鲸》之中的龙王以及龙王的舞蹈过于被坊间津津乐道,诸如"太想看那段舞了。哦哦!既然没办法再将《鲸》全看一遍,那至少让我们再瞻仰一回龙王,再欣赏一回他的舞吧"一类的呼声过于高涨。《龙中将》便是回应这呼声而创作的,该剧的故事情节可以说是十分错综复杂的,也有不少人评价道"不，不，其实根本看不透这故事的内容啊"！这并不是在批判它，反而是因为它的形式过于新颖，才使人在惊讶之余做出了如此评价。这《龙中将》的故事背景发生在何时呢？是过去，还是现在呢？它竟然既可以说是发生在过去，也可以说是发生在现在。因为它描写的是梦的背面——故事发生在梦境的背面。这是一个在当下感受过去的梦，所以不能一口断定它就是"发生在过去的事"。

所以，身为仕手方的犬王所扮演的平家中将登场时，既是一个亡灵，却又不是亡灵。

因为他梦到了自己的生前。

这番不可思议的设定，犬王是如何让观众理解清楚的呢？不愧是犬王，他在全剧的开头部分便使用地谣讲明了，地谣反复合唱如此一句话："此乃幻梦，此乃幻梦。踏上这幻梦之道，一路通往平家，通往灭亡的一门。"于是观众便了然——"原来如此啊"。

这一幕讲的是梦中的故事。

而且是平家所历经的故事。

如此说来,那位中将就是平家公卿的亡灵了?不,不,因为这是在梦中,那么此时的公卿应该还在世。

观众们是这样理解的。

然而,接下来却发生了两件不可思议的事。这位尚存人世的中将说了一句"我似乎出现在了他人的梦境之中"。

究竟是谁在做梦呢?又是在何处做梦呢?这位尚存人世的中将想要寻根究底。于是,中将的眼前展开了一片龙宫之景。龙宫即水下府邸,是龙宫城。哦哦,那城池位于海底。描述其样貌的华美辞章接二连三、滔滔不绝地被唱诵出来。没错,在梦里,中将信步游览于美轮美奂的龙宫之中。真可谓是至高无上的幸福——可是,究竟是谁,是谁梦见了这平家一门无比幸福的模样?尚存人世的中将决定将这一疑问追查清楚,为此,他进入了梦乡,他下坠到梦境深处,从而走向死亡。

于是，自己已成亡灵的世界出现了——也就是后世——哦哦，后世出现在了中将眼前！

在那里，竟然有原已灭门的一族之末裔。

"此乃战败者的隐世之地。"中将吟唱道。

"众人吟诵的，乃吾家之经典。那经典仅在我平氏一门之中传颂、继承，那是仅存于传说之中的经卷。原是他诵读那幻经之文字，朝夕不辍，故而梦中有我、故而使我所居住的龙宫显灵了吗？哦哦！其志可嘉，其志可嘉！还有，这人称幻经的《龙畜经》，竟然如此灵验！哦哦！"

中将可谓感动至极。

已化作亡灵的中将，在那一瞬间突然醒来，他又变作海底那尚存于世的中将，而他的身体还被龙神所附身。原来，龙神也是百感交集。不论十年还是百年的岁月流逝，平家战败者的后裔们，仍旧没有一丝懈怠地坚持诵念着《龙畜经》，这也令龙神感慨，令龙神动容。

所以，龙神附身到了中将身上，它显灵了！

所以，中将便在龙神的支配下，翩翩起舞！

犬王所扮演的仕手方——那位中将——凭着令人惊异的技艺起舞，起舞，起舞。

不只如此。

他还停住了舞步。

犬王停了下来，他的舞蹈，稳稳地停了下来。

犬王所饰演的龙中将，正面直对观众席。

随后，他又是如何做的呢？

他将手伸向自己的脸。

伸向自己脸上戴着的面具。

在演出中，犬王自然是戴着面具的。那是一副年轻男人的假面，雕刻得极为端庄俊美，完全符合平家年轻公卿的样貌。而犬王，将那假面——摘下来了。

他双手扶住假面，哦哦，他将那假面摘下来了。

摘下来了！

他露出了真容，在猿乐能之中，这被称为"直面"[1]。在大部分曲目的表演之中,仕手方都要戴着面具。不过,也有一些曲目会特意要求仕手方以素颜示人,这种演出被称为"直面能"。自然,犬王还未有过演出直面能的经历。那场演出——比叡座众兄弟全员参与进来的演出——那盛况真是前无古人,后无来者。而其中竟未有任何一个观众知道犬王真正的模样,一个也没有。

直到那一瞬间来临。

亲睹犬王露出的真容后,所有观众都屏住了呼吸。

那是一副没有丝毫瑕疵的、完美的容颜,他的容颜要比挂在头上的那副假面美上千倍、万倍。

正是一副适合演绎龙神附体的容颜。

---

[1] 直面:指能的演员不戴面具进行表演。

三十二

有名之章

犬王一跃成为大夫。

之后,他又承袭了比叡座的掌门之位。经营演出一职,犬王也要比长兄做得更为出色。到此时,又过去了四五年。到此为止,已经越过十年的友一的人生,且又经过了四五年。从这里开始,友一的故事便改为友有的故事,继续了下去。

我们再稍稍补充一些说明吧。

犬王的美貌,是将一切诅咒清除干净后才显露出来的。曾受诅咒的犬王,他的丑陋集中在哪儿呢?集中在面部，在他的面容上。而他获得了最终的赏赐，将这丑陋抹净。群灵高声欢颂、合唱，还有吟唱——倘若人的双耳能够听到他们的声音，那一定是无比庄严的吟唱。这一切丑陋也都在吟唱中被去除了。不洁被抹去，被带离现世，剩下的，就只有与污秽相反之相。

也就是美之相。

也就是登峰造极的美貌。

接下来，犬王只需立于顶峰，在猿乐界大展拳脚即可。

说完犬王，我们再来看看坛之浦友有。

他已经不叫友一了，而是改名友有。名字末尾的那个"一"被夺走，并被告知"绝不可再使用"。那么这话究竟是谁说的？

是友一（友有）所隶属的当道座的统帅说的。

也就是，觉一检校——

觉一检校总结出了平家故事的正确版本。

在此之前，他又将琵琶法师所属的诸座，全部统一了起来——尝试着统一了起来。

他这样做，就等同于是在说——未收录进这本新编《平家物语》之中的故事应悉数消亡。

可是，友一——这位坛之浦友一在坊间人气斐然，而且他还专挑些不同寻常的平家故事来弹唱。在他的表演中，既有"如此的平家"又有"那般的平家"。他不断地（弹着琵琶）解说着犬王的新作，独创出了"好一个崭新的平家"新曲——《犬王卷》。

如此"任意妄为"，是绝不可能被允许的。

于是，友一被当道座所驱逐。

或者，我们换一个视角，也可以看作是友一与当道座割席了。不是"友一"其名被夺走，而是友一其人主动放弃了这个名字。他弃用"一"字，改名友有。而友有（友一）在当道座已有大批弟子跟随，于是他便率领众弟子离开了当道座，独立出去了。也就是说，他将自己的势力从中分割出来，自立起了门派。

于是，新的一座得以成立。

统领这一新组织的正是友有，而他麾下的弟子们，也有不少在坊间已是赫赫有名。比如秀有、竹有、宗有。

自然，这些人以前的名字其实是秀一、竹一和宗一，不过他们统一将名字最末的"一"去掉，换成了"有"。也就是说，一律沿袭了"有"名。

那么，这个从当道座分离出去，师徒统统改名的新琵琶法师一座，其名为何？

其名曰：鱼座。

该座由坛之浦大人所统率，经他亲手建立起来，名曰"鱼（五百）座。"

坛之浦友有就这样，建起了鱼座。

我们再换回驱逐一方的视角。这个被当道座赶走的家伙，竟然一口气挖走了好几十个琵琶法师。这不就是在巧取豪夺吗？决不能饶恕他！决不能放过他！于是，这所谓的"弟子归属问题"，使当道座与鱼座站在了对立面上。

在艺能界,一场激烈无比的争斗正在酝酿。不,其实已经有了结果。这一场抗争,已经瓜熟蒂落,宛如生命呱呱坠地,匍匐前行。

三十三

将军之章

接下来,就离最终章很近了。

那么,我们再讲一遍这个故事,换个方式去讲,从某个将军讲起。

某地有个将军,其名为足利义满。义满乃室町幕府的第三代将军,他在自己这一代统整了室町幕府的体制。义满的父亲是二代将军足利义诠,祖父则是一代将军足利尊氏。义满的父亲义诠年仅三十八岁时便病死了。因此,义满年仅十岁便接手了政务。第二年的除夕,他便成了将军。他当时还只是个孩子,所以自然是有保护者辅佐的。等到他长大成人后独立了，他便开始逐一讨伐可能威胁到足利将军家的诸国大名，又或者不去讨伐，改用政治谋略去削弱其势力。他通过以上诸多手段，促使南北朝合二为一。

原本分裂成两半的朝廷得到统一。

这正是足利义满的一大伟业。

两个朝廷、两处皇居合为一个，两位天皇变为一人——这是通过南朝的后龟山天皇将三种神器让渡给了北朝的后小松天皇而达成的。神器也获得了统一，有此神器，就证明了只有北朝的天皇才是正统，证明了，由这位天皇亲自任命的征夷大将军才拥有真正的权威。

那一年，三代将军足利义满三十五岁。

与此同时，他还将天皇的实权也捏在手里。也就是说，义满才是那个统一天下的人。当然，在此之前他的势力就已压制全国，威慑全国了。

例如，足利义满在三十一岁时便出巡东国，前往骏河国[1]。他虽声称此行是前往灵山富士游览,但其实另有他意,也就是隐含着另一目的。义满是为了向镰仓公方[2]施压,才去"观览"富士山的。当时的镰仓公方为足利氏满,此人乃义满父亲义诠之弟——足利基氏的儿子,也就是义满的表弟,年龄仅比义满小一岁。追溯到十年前,他曾因觊觎义满的地位而试图举兵争夺。所以,施压是有必要的,所以,义满才出巡了东国。

还比如,义满三十二岁时。这一年,他又前往西国游览,前往安芸国,参拜了严岛神社。当然,他这么做同样是隐含着其他目的。自然,义满的出巡是在向西国有力的守护[3]们展示个人力量的,就仿佛是在炫耀"看!我多么有权势啊"。

---

1 骏河国:日本旧国名之一,相当于今静冈县中部和东部地区。
2 公方:镰仓末期至室町、江户时代对将军的尊称。
3 守护:日本镰仓幕府、室町幕府所设置的武家职位。守护不单具备军事、警察权能,还是掌握着经济权能的指挥官、行政官。

就仿佛是在诘问：你们敢忤逆我这个将军吗？

不过，隐含目的终归是隐含目的。

他表面上的目的同样可以深挖。为什么义满要游览富士山，参拜严岛神社？是因为某一人物在约两百年前，曾"想要游览富士山"而未果。同时，还是那位人物使得严岛神社拥有了如今的繁荣盛况。

他就是平清盛。

那个在两百年前统一了天下的男人。

他是武家的栋梁，也是第一个成为日本霸者的人。

他是武士、武将，也是官居从一位[1]的太政大臣[2]。

其实，按照《古事谈》中的记载，清盛决定礼拜严岛神社后，曾在参拜时从巫女那里获得神谕："总

---

1 从一位：日本品秩与神阶的一种。位于正一位（令制下，诸王及诸臣中的最高位阶）之下，正二位之上。

2 太政大臣：日本律令制时总管太政官的官职。位居左右大臣之上，名誉性官职的色彩比较浓重。

有一天，你会官升从一位太政大臣。"他伟业的起点就在这里，而当时的清盛正巧也是三十一二岁。

也就是说，义满是想到了平清盛的经历，于是在三十一岁时出巡东国，又在翌年去了西国。到了他三十五岁，便实现了南北朝统一。三十七岁时又辞掉了将军一职——那一年是应永[1]元年的十二月十七日，将军之职由义满的儿子——足利义持继承。由于当时义持年仅九岁，实权——政务大权——并未交给义持。同月二十五日，义满官升从一位太政大臣。

可以说，义满就是一心想要成为当今的平清盛。

最终，他不但达到了这个愿望，甚至称得上是超越了平清盛的功绩。

就拿主导文化这一点来说吧，义满毕生极爱"花"，于是京城遍开华丽绚烂的文化之花。他将朝廷从两个减到一个，或者说，从两个合并成一个，天皇

1　应永：后小松、称光天皇时代的年号（1394~1428年）。

从两人改作一人，并认为三种神器汇集于一处即可。从此以后的时代，在人们的认识之中"京都简直就是'花之都'"，而这便源自足利义满的力量和功绩，或者说，是源自他的意向和设计。

说到这儿，接下来又发生了什么呢？

现在我们这里有一位将军，又或者说，在应永元年的年末，有一位曾经的将军，他居于京都。这一人物素来自比平清盛，想要达成与他同等的成就。他想获得与大约两百年前的平家——那一门武家的——中流砥柱相等的力量、相等的地位，同时，他还想要树立一个不灭的武家政权。因此，就必须掌握所有流传于街头巷尾的平家故事。没错，一定要把《平家物语》紧紧攥在手中。

而无法收入囊中的《平家物语》，就必须毁掉。

"毕竟，平清盛就是我——是我本人呀。"足利义满如是说，"决不能任由他人妄为。"

话又说到京都正活跃着两位艺人，鱼座的友有，比叡座的犬王。

我们离最终章，很近了。

三十四

天女之章

鱼座的琵琶法师们弹唱的，便是犬王的故事。

没错，如今不仅友有在弹唱《犬王卷》了，他门下的"有"字辈，被世人誉为"坛之浦大人的著名弟子"的秀、竹、宗等人，基本都能完美地演奏犬王的故事了。于是，秀有在下京演奏《犬王卷》，竹有在南都演奏《犬王卷》，宗有走出京城，将《犬王卷》传播到了尾张、三河、远江，还有镰仓。自然，鱼座的领袖友有在上京[1]也备受

---

1 上京：京都北部，以内里为中心的一带。

公家与新兴武家的青睐。与此同时,略逊色于友有的高徒——也就是前面提到的秀、竹、宗等人,也得到了友有的真传,于是这些人(不论技艺优劣)也都在弹唱犬王的故事。

二十人、三十人,不,不,还要更多,七十人、八十人——

这么多人都在弹唱着犬王的经历,而且他们都是琵琶法师。

没错,如今的犬王,的确已经达到值得被赞颂的高度了。

他的人生宛如一部叙事诗,而且,还是由很多人去弹唱的一部叙事诗。鱼座的大量琵琶法师在弹唱它,宛如合唱一般。

"他的真容被人所知。"友有朗声道。师从友有的琵琶法师们的声音,也从各处响起,在全天下响起——

他的真容被人所知,犬王真正的容颜,被人所知,何等的美丽!坊间的传言立刻流传开来——

"哦哦!原来他一直秘而不宣的真容,那张脸,简直是世间罕有。那面孔远超凡夫俗子,令观者目眩神驰。为了防止那张脸引发灾祸,他平日里才一直用假面遮挡,一定是这样的!如此美貌,凡人直视一眼,就会被夺走光明!远远地看一眼他在舞台上的表演虽不至于出什么大事,但倘若多看几眼,鲜血就会从鼻孔喷射出来!看得越久,失血就越多,最终整个生命都要被这美丽吸走!哦哦,哦哦!他就是如此美艳啊!哦哦,哦哦!虽是如此,虽是如此……"

京城之中的人们众口一词:

"虽是如此!却还想再看!"

而那些尚未见过犬王的人则叹道:

"——啊啊!下次一定要见到他!"

不过,这世间自然是有上下之分的。

持有如上说法的只是一些凡人,是下等人,是贵贱之中的贱民。

而上等人，他们即使一直欣赏美的事物也不至于眼盲。贵贱之中的贵族，高贵之人，就是如此。

既然如此，那么高贵之人"一直想看，想要永远观赏下去"，也在情理之中。

首先，比叡座会举办专为达官显贵准备的演出，而且演出了无数次。当然，站在舞台上表演的犬王并不总是以真容示人，并且，也不总是演出《龙中将》这样以直面为看点的曲目。不过，犬王作为比叡座的掌门人，会前去问候到场的达官显贵，这时的犬王自然是以真面目示人的。如今，犬王已无须再戴假面了，他已可凭着自己真正的面容行走世间了。单是这一番问候，到场的达官贵人——贵贱之中的贵族，上下等级之中的上等人，就纷纷表示心满意足。他们太快活，太快活了。

哦哦，犬王——犬王！

比叡座的大夫，不论是否戴假面，都是平步青云，大放异彩的犬王！

而说到大放异彩,自然会想起足利将军,就是人们口中的"室町殿下"。为政多年的室町殿下,竟也要驾临表演现场。不过,这并不是猿乐头一次为将军表演,在历史上早有先例。但不是近江猿乐的某座,而是大和猿乐的观世座。观世座的大夫观阿弥相当有才情演技,所以深受室町殿下喜爱,并在当时备受青睐。而观阿弥所开创的这条路,犬王也迈了进来,并且大步前进着。

很快,在受室町殿下所庇护的猿乐座之中,比叡座成了首屈一指的存在,而观世座,则屈居第二。

在猿乐能的演员之中,观阿弥的技艺是最为高超绝伦的,可是,犬王技艺之中的美,却无人能敌。

于是,室町殿下便钟情于犬王。

侍奉将军左右的稚子另当别论,当时观阿弥年仅十来岁的嫡子,的确集将军万千宠爱于一身。可是将军最为钟情的演员,却是犬王。

犬王!

某次，室町殿下突然对犬王说：

"以后，平家的故事就不要放进演出曲目里了。"

将军这样命令道。

"犬王啊，你演的平家实在是太过偏颇了。别再演了，自此封存吧。"

他又强调：

"听到了吧？"

从那之后，犬王是如何做的呢？

犬王将从父亲一辈传下来的拿手技艺——从平家的故事之中取材而来的剧目，统统封印，不再上演。他开始钻研新的技艺，创作新的曲目，使比叡座改换新的风格。他观察观世座，观阿弥曾将流行歌谣——曲舞[1]纳入猿乐能之中，大胆革新观世座的演绎风格。犬王学习观阿弥的举措，改革了比叡座的歌舞表演。

---

1 曲舞：主要盛行于南北朝以及室町时代的艺能，是一种以鼓伴奏，按照谣曲的节拍手持扇子起舞的舞蹈。动作较简单。后由观阿弥将其吸收到了猿乐之中。

犬王开始屡屡戴起了女面,他作为仕手方,开始扮演女人,并且创造了以女性为主角的作品。毕竟,就算他不摘下面具,人们也知道那美丽的假面之下,是同样美丽的容貌。随后,他又将女性的形态表现到了登峰造极的程度。他将那种肉体之美——四肢与头颈的任何部位,看上去都没有一丝歪曲——不断地、不断地推到人们眼前。于是,他所追求的舞蹈形态终于被发掘出来,世间称其为"天女之舞"。哦哦,人们说——那幽玄之感!

真乃幽玄是也!犬王!

相应地,犬王抛弃了平家。

他不得不抛弃平家。

于是——《犬王卷》便也绝迹了。自此,彻底绝迹了。

三十五

墓之章

到此处，便是终章了。

所以，就这样讲起吧——

友有去了某个地方。

虽说是"某个地方"，但其实地方有两处。友有依次在这两个地方，走向了人生的终结。两处都是在御前[1]，也就是在拥有至高无上的权力之人面前。二者都是武家政权统领，是征夷大将军。但是这两处的两

---

1 御前：天皇或贵人前，亦指神佛前。

个将军之间，却有着决定性的不同，前一位将军还活着，而后一位将军已经去世。他是何时离世的呢？正是在前一位将军降生百日之前逝世的。

活着的将军，是死去将军的孙子。

活着的将军名叫足利义满。

死去的将军则是足利尊氏。

义满有寝宫，尊氏有墓穴，它们都在京都，它们就是友有所拜访的御前。最初召见友有的是足利义满，在这个时代里，他被称作室町殿下。这个通名的由来，源于义满在上京建造的宅邸。这宅邸的规模乃东西一町，南北二町。正门正面对室町小路，于是便得出室町殿的称号。这宅邸的名称就这样直接做了足利义满将军的通称。此外，宅院中移栽了众多的各国名花异草，于是坊间称其为花之御所，又名花亭。

友有以鱼座的最高责任者的身份，拜访了这里。

因为义满有令："把那位坛之浦大人叫来，带到这儿来。"于是友有便来了。

他在亭中待命,等待将军发话。

虽是在花之御所中等待,眼盲的友有却看不到一朵花。

他看不到花。

随后,他依次听到以下这些话。

这些从座所[1]传来的一句又一句的指令,告诉他:

"从此以后,不许再演奏犬王的故事了。

"因为我已经命令比叡座,从此不可以再上演平家的故事,所以比叡座已经封存的内容,你们这一座的琵琶法师也不可再演,包括你本人在内。

"毕竟,犬王乃我所偏爱的艺人,所以绝不可有关于他的怪异故事流传。

"而且,在我这御所内,始终都有当道座中身居高位者在服侍左右。当道座手中有平家的故事——《平家物语》的正本,就在前几日,他们将这正本献给本

---

1 座所:贵人等的座位所在之处。

将军了。所以，当道座以外的'平家'统统不许出现。"

这是规定，不，这是禁令。

足利义满还说了这样一句话：

"说到你的那个鱼座，告诉你吧，从今往后，普天之下唯一被承认的琵琶座，只有当道座，所以，快把你的鱼座解散了吧。"

这场艺能斗争，是友有输了。

他作为鱼座的最高责任人，输得很彻底。

鱼座的弟子有十人、二十人，不，有六十人、七十人，不，有九十人乃至一百人都离开了。大部分人投奔于当道座，或再次回到当道座。

为惩罚这次叛离，其中有些人被割去了一边的耳朵。

"这是因为你曾叛离过当道座！"有些人受到如此唾骂，甚至双耳皆被割去了。

而那个与当道座割席的领导者，却已无处可去。

他能去的地方只剩下一处。

那就是第二处御前。与受召前往的那座足利义满的花之御所不同，这一处御所并未主动召见友有。这御所便是足利尊氏的墓地，它位于菩提寺，是这位开辟室町幕府的武将永眠的地方。

寺院的男杂役们为他打开了院门，拔去了门闩。

他走进了寺院内，还被带到了墓地旁。

驱走了来人。

随后他做了什么？友有吹起了调弦用的箫，弹奏起了琵琶。然后，他背叛了将军的——室町殿下的——命令。友有开始讲述起来，弹奏起来，他弹唱起《犬王卷》——就是那部被严令禁止再演的《犬王卷》。友有明白了，是有人做了些什么，有人探访战败的平家后裔，将手伸向他们的梦境之中，最终将光明从我的双目之中夺去。有人派密探前去各处隐蔽的平家谷，利用以卖艺为生的琵琶法师，搜取了各色传说故事，还探得了《龙畜经》及其所带来的灵梦，随后又派人前往坛之浦，雇用了他和他的父亲。

哦哦！哦哦！我自然是因为知道了犬王创作的《龙中将》的内情，才明白这些事的。这一切的经过，我也都隐隐地把握在心。哦哦，哦哦，哦哦！群灵的声音也这样告诉我——那些见识引领着我——通过犬王之口，告诉了我。

哦哦！

友有高诵起《犬王卷》。

友有将这曲被禁的《犬王卷》，献到了初代足利将军的墓前。

然而，《犬王卷》实在太长、太长了，它由数章数节所组成，一时半刻，根本无法演奏完。就算再加一时，仍旧讲述不完，想要唱完这部作品，甚至需要两晚、三晚。友有大声陈词，他的嗓子哑了，他狂吼着，流着泪，不停地弹着琵琶。于是，那些将他带进寺院内的寺男们便无法再隐瞒"有人在前前代征夷大将军墓前叫嚷"的事情。有人来了,骑马的武士来了，那些受当代将军——还活着的将军足利义满指使的人来了。

惩罚降下。

是对友有的惩罚。

他被带走，最终，在贺茂的河滩边被斩首。临刑前，在从第二处御前被强行扯走前、在琵琶的琴弦被砸断前，他面对初代将军足利尊氏，这样高呼，友有他——这样高呼着：

"我不是什么贱民！不是！"

他继续高呼：

"我的名字是五百友鱼，五百族的友鱼！"

友有喊出了友鱼的名字。

他自报姓名为：五百友鱼。

三十六

谭之章

然而,终章亦有后续。

任何故事都会有续篇,都会有奇闻,我们这个故事也一样。这故事的继续,就在虚无缥缈的彼岸。

毕竟,犬王活了下来,他作为猿乐界的第一人,备受足利义满的青睐。观世座的初代大夫观阿弥为其开拓了入世之路,犬王始终对观阿弥感激有加。之后,他还与观阿弥的后继者世阿弥维系着交情。而他本人,则站在了猿乐能的巅峰之上——岂止是二三十年,甚至有长达四十年——他的艺术生涯都在顶峰持续着。到了应永十五年（1408年），犬王甚至在天览[1]能的大舞台上，为后小松天皇献上了天览猿乐的表演。

又过去五年，犬王去世。

那是应永二十年的五月九日，他去世的消息被记录在了《常乐记》[2]中。

他被历史所铭记。

而且，不论是在《常乐记》中，还是《满济准后日记》[3]中，都提到犬王离世之时，天上曾出现"紫云[4]升腾"之相，这等奇瑞被记录了下来。

不过，也有并未记录在历史之中的事。

---

1 天览：御览，指天皇观看的表演。
2 《常乐记》：自镰仓末期至室町时代的亡故者名录，全一卷。记录了天皇、公家、武家、僧侣等的死亡年月日，并附有死亡年龄、家系、死因、死亡地点。
3 《满济准后日记》：由深受朝廷、幕府尊信的高僧满济书写的日记。其中记有幕府政务，以及宗教、文化等内容。
4 紫云：在佛教观念中，当佛道中人去世时，会有佛驾着紫云来迎接，故紫云升腾被视作吉兆。

面对驾紫云而来的阿弥陀佛——在众菩萨和仙乐之中——犬王说:"请等一下,在我往生之前,还请稍等片刻。"

"我想去一下足利尊氏大人的墓前。"他说道,他在弥留之时对阿弥陀佛道。

"他还在那儿呢,他无法成佛,还一直待在那儿,被束缚着。他,就是眼盲的友有,不,友一,不,友鱼,他是我的朋友。所以,我犬王要去解放他的束缚。没错,我啊,不,不,我们二人啊,应该解放对方的束缚。然后到最终,我会对他说:'来啊!快看啊!是光!'"

北京市版权局著作合同登记号：图字 01-2022-7044

HEIKEMONOGATARI INUOU NO MAKI
by HIDEO FURUKAWA
Copyright © 2017 HIDEO FURUKAWA
Original Japanese edition published by KAWADE SHOBO SHINSHA Ltd. Publishers
All rights reserved.
Chinese (in Simplified character only) translation copyright © 2023 by Beijing Xiron Culture Group Co., Ltd.
Chinese (in Simplified character only) translation rights arranged with KAWADE SHOBO SHINSHA Ltd. Publishers through BARDON CHINESE CREATIVE AGENCY LIMITED,
Hong Kong.

图书在版编目（CIP）数据

犬王 /（日）古川日出男著；董纾含译. -- 北京：台海出版社，2023.4
ISBN 978-7-5168-3519-7

Ⅰ.①犬… Ⅱ.①古… ②董… Ⅲ.①长篇小说—日本—现代 Ⅳ.① I313.45

中国国家版本馆 CIP 数据核字 (2023) 第 047974 号

犬王

著　　者：〔日〕古川日出男　　　译　　者：董纾含

出 版 人：蔡　旭　　　　　　　　责任编辑：俞滟荣

出版发行：台海出版社
地　　址：北京市东城区景山东街 20 号　　邮政编码：100009
电　　话：010-64041652（发行，邮购）
传　　真：010-84045799（总编室）
网　　址：www.taimeng.org.cn/thcbs/default.htm
E－ｍａｉｌ：thcbs@126.com

经　　销：全国各地新华书店
印　　刷：河北鹏润印刷有限公司
本书如有破损、缺页、装订错误，请与本社联系调换

开　本：787 毫米 × 1092 毫米	1 / 32
字　数：100 千字	印　张：6.625
版　次：2023 年 4 月第 1 版	印　次：2023 年 4 月第 1 次印刷
书　号：ISBN 978-7-5168-3519-7	

定　　价：54.00 元

版权所有　翻印必究